光文社文庫

長編時代小説

弥《み》勒《ろく》の月

あさのあつこ

KOBUNSHA

目次

第一章　闇の月

月が出ていた。丸く、丸く、妙に艶めいて見える月だ。

女の乳房のようだな。

南本所石原町《みなみほんじょいしわらちょう》の履物問屋、稲垣屋《いながきや》惣助《そうすけ》は、空を見上げて独り呟《つぶや》いてみた。月を見てあられもないことを思うのは、女遊びをしての帰りだったからだ。本所緑町《みどりちょう》一丁目にある馴染みの店で、馴染みの女と一刻《いっとき》ばかり過ごしてきた。

竪川《たてかわ》からの風が冷たい。しかし、惣助の身体《からだ》の芯は、女の肌の温かみや柔らかさ、湿り気を覚えていて、ぼんやりと暖かだった。

おまきは、良い。なかなかのものだ。器量は、まあ人並みだが情がある。それにしても、ああいう声は、どこから出るのかねぇ……。

足が止まった。おまきの顔が消える。かわりに風の冷たさがひゅるりと身体を包み込んできた。惣助は、二ッ目之橋《ふたつめのはし》の袂《たもと》に立っていた。

橋の上に、女がいる。水面《みなも》を見つめるように俯《うつむ》いていた。

もうすぐ木戸が閉まるというのに……。

惣助は、持っていた提灯を軽く上げてみた。月の光は明るく、女の姿を青白く浮き立たせている。

すらりとした立ち姿が美しい。美しいだけに気にかかった。女が一人、橋の上に佇《たたず》んでいる時刻ではないのだ。

「もし、そこの人」

女の顔が、ちらりと動いた。柔らかに丸い頬の線が見えた。

「いや、あの、わたしは石原町の履物問屋の者で……いやね、あんた、こんな時刻に……」

惣助が近づくのを避けるように、女は顔をそむけ、本所林町《はやしちょう》の方に歩きだした。

なんだよ、人騒がせな。

軽く舌打ちして、二ッ目之橋に背を向ける。女房のおつなには、寄り合いだと言って出てきている。女の所で、つい長居をした。早く帰るにこしたことはない。おつなは、普段はおっとりした品の良い女房ぶりなのだが、女に関しては、やたら勘が鋭くなる。悋気《りんき》も深い。

若いころは、それも可愛かった。若い初々しい女房が、亭主の女道楽を疑ったり、悩んだり、拗《す》ねたりする。可愛いもんじゃないか。しかし、四十を過ぎたら……。

水音を聞いた。聞いた気がした。振り向く。

誰もいなかった。

対岸の本所松井町《まついちょう》で、飲み屋の灯りがちらちらと揺れているだけだ。

惣助は、首を振り、歩き出そうとした。誰もいない。なにもない。あたりまえのことだ。

ぼしゃりと音がした。さっきより微《かす》かな、しかし、はっきりと耳に届いてきた音。首筋から背中にかけて震えが走った。ほとんど無意識のうちに身体が動いていた。足をもつれさせながら、橋の中ほどまで行く。月の光が川面に弾けていた。たっぷりと水量のある川は、驚くほど速く流れている。

足になにかが当たる。女物の下駄だった。赤い鼻緒が付いている。

黒漆か、けっこう良い品だ。

半分痺れたような頭の中で、そんなことを思い、惣助は、下駄を抱えて立ち上がった。松井町から、女たちの嬌声が風に乗って聞こえてきた。川辺の柳がその風に、揺れて乾いた音を立てる。暗い葉の陰に、赤っぽい光が瞬いた。

自身番の高張提灯だろうか。

唾を飲み下し、下駄を抱きかかえたまま惣助は、闇に滲《にじ》む赤い光をぼんやりと見つめていた。

女の死体は、一ッ目之橋《ひとつめのはし》の近く、本所相生町《あいおいちょう》よりの朽ちかけた杭に引っ掛かっていた。着物も帯もさほど乱れていない。髪だけが藻のように広がり、明け始めた朝の光にちらりちらりと輝いた。

「飛び込みがあったてんで、昨夜は、けっこうな騒ぎになりやして……旦那にもお知らせしたかったんですが」

そこで一息、言葉を休んで、伊佐治《いさじ》は北定町廻《じょうまちまわ》り同心、木暮信次郎《こぐれしんじろう》の顔を見上げた。相生町の自身番の中である。戸板の上、筵《むしろ》を被せた死体が横たわっていた。

「昨夜？　昨夜は、野暮な用事があってよ。組屋敷に帰ったのは……はて何刻だったかな」

信次郎は、後ろ頭をがりがりと掻いて小さな欠伸《あくび》を漏らした。その息からまだ、酒の香が抜けてないようで、伊佐治は眉をひそめた。

どんな野暮用やら、わかったもんじゃねえと、思う。伊佐治は、本所尾上町《おのえちょう》で小料理屋をやっている。やっているといっても、息子の太助《たすけ》が板場を、女房のおふじと嫁のおけいが客のあしらいを引き受け、店を切り回していた。伊佐治が岡っ引稼業に飛び回っていても、どこからも文句の出ることはない。おふじが「うちの屋根瓦より、よっぽど硬い」と笑うほど、生一本の性分で、他の岡っ引のように目ぼしい店で小金をせびることも、揉めごとを力ずくで押さえ込み礼金をせしめることもしなかったし、できもしなかった。そのくせ面倒見は良く、頼み込まれるとなかなか否と言えない性分でもあった。当然、人々からの信望は厚いし、頼りにもされている。ただ、儲け話とは縁がない。おふじがおおらかに、忙《せわ》しいばかりの貧乏暮らしを笑ってくれるからなんとか、日々が過ごせている。

信次郎の父、木暮右衛門《えもん》から手札をもらったのが二十歳の時。それから二十年以上を尾上町の親分さんとして、この界隈を走り回ってきた。楽ではないが、辛《つら》くもない。少なくとも小料理屋の主人に納まり、豆腐や魚の相手をするより、人間相手の方がずっとおもしろいと知っている。人間とは底なしにおもしろい生き物なのだ。おれは根っから岡っ引の性分なのだと自分で納得していた。それが、このごろふいっと、

手札をお返ししようか。

との思いが過《よぎ》る。過る回数が増えてきた。歳のせいばかりではない。まだ気力も体力も衰えたわけではない。そんなことでは、ないのだ。

伊佐治は上目遣いに若い同心を見つめる。

信次郎は、筵をめくり死体の検分をしていた。その指が、女の首筋、胸、腹、腿《もも》、股、足の裏までまさぐっていく。無表情だった。

このお方が、わからねえ。

朝湯に入ってきたのか、きれいに剃刀《かみそり》のあてられた信次郎の横顔に視線を這わせて、軽くため息をついていた。

右衛門が本湊町《ほんみなとちょう》のはずれにある鉄砲洲稲荷の前で倒れ、そのまま誰にも看取られることなく息を引き取ってから、十年近くの年月が流れている。心の臓の発作だった。師走の三日。江戸は、後の語り草になるほどの大雪に見舞われていた。狂ったかのように降り続き、全てを真っ白に包んだ雪が、やっと溶け始めたころ、右衛門は泥濘《ぬかる》んだ道端で背中を丸める格好で見つかった。あの日の、鋭く身体の芯に突き刺さってきた凍《い》てつきを伊佐治は、まだ、時折、思い出す。

信次郎が後を継いだ時、手札をもらい直した。岡っ引の仕事にまだ、かなりの未練もあったが、なにより、太助と同い年になる信次郎を守《も》り立てたいという気負いが身の内にうねっていた。しかし、そんなうねりは十年経った今、大川の風波ほどにも動かない。信次郎にとりたてて不満があるわけではない。小者を連れず一人歩きの好きなことを除けば、頭の切れるなかなかの同心だと思う。感心することも、舌を巻くことも度々あった。しかし、今ひとつ自分にはそぐわないとも思ってしまう。不可解なのである。右衛門に感じていた共感が僅《わず》かも湧いてこない。

「そりゃあ、あんたが歳取ったってことじゃないか。今の若い者のことなんざ、わたしらにわかるもんかね」

と、おふじはこともなげに笑う。そうかもしれねえと腕組みし、気心のわかんねえお方に、手札なんぞもらってていいのかねえと、伊佐治は、悩むのである。悩む度に、去来する光景がある。よみがえる声がある。

季節はいつだったか。川面が眩《まぶ》しく光を纏《まと》っていたから、春の終わりか夏の初めだったのだろう。そういえば、風は青葉の香に染まって芳しかった気がする。

伊佐治は信次郎の後ろを歩いていた。前を行く人が右衛門なら「気持ちの良い日よりでござんすね」と、言葉の一つも掛けるのだが、信次郎ならそうもいかない。右衛門の丸くぽってりと肉のついた後ろ姿が懐かしかった。しかし、今、目の前にあるのは、固く締まり、他人の言葉なぞ端《はな》から拒んでいるような若い背中だ。黙したまま従うしかない。

表通りは人で賑《にぎ》わい、馬の嘶《いなな》き、子どもの泣き声、喚声、荷車の軋み……雑多な音と活気に満ちていた。

「泥棒！」

騒がしくはあったけれど平穏な風景が破れる。

「誰か、つかまえてくれ」

男の叫びと女の悲鳴が重なる。人ごみを縫うように、男が一人走ってくる。信次郎の動きは素早かった。滑るように進み、伊佐治が一呼吸遅れて後を追った時、男はすでに路上に倒れ込んでいた。貧弱な男だった。瘦せて、老いて、垢《あか》と汗の混じった臭いがした。

「勘弁してくれ」

皺と吹き出物の目立つ顔を信次郎に向け、男は拝むように手を合わせた。懐から銭貨が零《こぼ》れ落ちる。露天商の銭かごの中から摑み盗ったものらしい。

「腹が減って、がまんできなくて……銭が欲しかったんで……勘弁を……」

額に擦り傷を作り、そこに血を滲ませて男が哀願する。

「旦那、ご勘弁を……」

チッ。信次郎の舌打ちを聞いた。その横顔が嫌悪に歪むのも見た。

殺すのか。

一瞬、そう思った。若い同心の目に浮かんだ嫌悪は殺意と見紛《みまが》うほどに激しかったのだ。

信次郎は刀に手はかけなかった。歪んだ顔を元の無表情に戻し、男の顎《あご》を蹴り上げた。男がのけぞり、転がる。その手首を信次郎は無言のまま踏んだ。こつがあるのだろうか、それほど荒々しくも見えないのに破壊の音がした。骨が砕ける音、男の悲鳴。

「捕らえな」

信次郎が促す。声にも表情にも眼差しにも、露ほどの感情も含まれていなかった。感情の無い日差しを浴びながら、伊佐治は身震いをしてしまった。盗人を捕らえるのは仕事だ。信次郎は手際よくそれを為した。誉められこそすれ責められる謂《いわ》れなどない。しかし、哀れな男じゃないか。凶器を振り回したわけでも、抗《あらが》ったわけでもない、飢えに耐えかねて小銭を盗み、許してくれと請うている哀れな男じゃないか。痛めつける必要などどこにある？無表情で佇む若い同心は、罪を憎んでいるのではなく、人を厭《いと》うている。あの時、伊佐治ははっきりと悟ったのだ。それは、自分と信次郎との間に横たわる溝の深さを垣間見た瞬間でもあった。

このお方が、わからねえ。おれは、このまま、このお方の岡っ引でいいのか。

ずっと胸に巣食っている思いが疼《うず》く。

湯に入り、隙《すき》のない身なりをしながら僅かな酒の香を漂わせている信次郎を見ながら、今もまた、いいのかねえという独り言が口をつきそうになっていた。

「親分」

信次郎が顔を上げた。伊佐治のことを信次郎は、そう呼ぶ。

「別に目立った傷はなさそうだな。水もしこたま飲んでる。殺して竪川の水に投げ入れた、そういうわけじゃねえな」

「へえ、このほとけさんらしい女が昨夜遅く、二ッ目之橋から飛び込むのを見た者がおりやす」

「ほう」

ほうと一言のあと、それが誰かと信次郎は問わなかった。かまわず続ける。

「石原町の履物問屋の主人で。知り合いを訪ねての帰り、たまたま目にしたと、言っておりやすが……」

「履物問屋の言うことが、親分の気に入らねえってわけか」

信次郎の目が、ほんの少し鋭くなった。食いつきどころをちゃんと心得ている目だ。

「へぇ。実は、松井町《まついちょう》のはずれあたりで夜鷹蕎麦《よたかそば》のおやじが、人が飛び込んだような水音を聞いてやして……おやじが言うのに、まさかほんとに人が飛び込んだとは思いもしなかったってことですが……まっその後、客一人さばいてから、二ッ目之橋のそばを通った時にどうも稲垣屋らしい男が、番屋の方に、ふらふら歩いていくのを見たらしいんで」

「なるほど……てことは履物問屋の旦那は、このほとけさんが飛び込んですぐには、番屋に駆け込まなかったってことになるか。蕎麦屋のおやじが、でたらめを言ってるってわけじゃ、ないんだな」

「おやじが言うのには、飲み屋の灯りで、その男がこう、しっかり黒い下駄を抱きかかえているのが見えたそうなんで。稲垣屋は、飛び込んだ女の下駄をかかえて番屋に転がり込んできたってことですから」

「なるほどな。親分のことだ、その稲垣屋をもう、締め上げたんだろうな」

「いや、蕎麦屋のおやじの話は、さっき耳に入ったばかりで。稲垣屋は、とっくに帰してましたから……まっ、これからちっと叩いてみまさあ」

「だな。で、その稲垣屋って履物屋が、この女を川に投げ込んだってこともありか？」

さあと、伊佐治は首を傾《かし》げた。夜鷹蕎麦屋が聞いたのは、水音だけだ。人の諍《いさか》う声も争う物音もしなかったと口元をへの字に曲げて、断言した。朝の光の中で、橋の上に争った跡のないことも確認した。

「つまり、まあ、女が身投げしたってことは、まず間違いねえってことだ。つまんねえな」

そう言うと信次郎は、ふいに大きく伸びをして、無遠慮な欠伸をさらした。さっき、ちらりと光った瞳の上を瞼《まぶた》が半分、覆っている。足元の死体にも、稲垣屋にも、興味を失ったと露骨に告げていた。伊佐治は横を向いて、ふんと息をはく。つまんねえは、ないだろうと無言で呟く。身投げなら、下手人はいない。信次郎は下手人が好きだった。殺しとか強請《ゆす》りとか、なんでもいい、込み入った謎の後ろに隠れて見えない下手人を炙《あぶ》り出し手縄にかけるのが、好きなのだ。そういうおもしろさのない、手続きばかり面倒な事件が鬱陶《うっとう》しいのだ。

しかし、若い女が一人、命を絶ったのは事実だ。つまらねえとかおもしろいとかの問題じゃない。伊佐治は、そう思う。

自分が堅物すぎるのか、信次郎が変人なのかわからない。たぶん、どっちもどっちなのだろう。しかし……。

信次郎が、俯いた伊佐治の顔を窺うようにのぞき込んできた。

「ほとけさんの身元は？」

「あ？　へっへい。わかりやした」

「早いな。顔見知りか？」

「それほどのもんじゃありやせん。あっしは見覚えがあるような気がしただけで……ただ、源蔵が、見知っておりやして」

源蔵は、深川常盤町《ふかがわときわちょう》の髪結い床で働いていた。三年ほど前から、下っ引きとして使っている。頭の巡りはさほどでもないが、炎暑も酷寒も厭わず動く。重宝な手下だった。その源蔵が、ほとけの顔を見るなり唸った。

「森下町《もりしたちょう》の小間物問屋、遠野屋《とおのや》の若おかみじゃないかと言うんで、すぐに使いに出しやした。じきに、身内の者が来るはずで」

「そうか、あいかわらず隙がねえな。さすが、尾上町の親分だ」

「おそれいりやす」

「尋ねついでに、もう一つ。その履物問屋が見た女とこのほとけ、確かに同じ女なんだろうなぁ」

伊佐治にと言うより自分に問うように、信次郎は語尾を僅かにぼかした。

「へえ、稲垣屋には何度も念を入れやした。着物の柄に見覚えがあるとかで、間違いないとのこってす」

「そうか。だろうなあ。一晩に二人も飛び込まれちゃあ竪川のお水もかなわねえよな。はは、まっいいや」

信次郎はまた、遠慮のない欠伸を漏らした。書役《かきやく》の男が、慌てて急須に湯をそそぐ。

「親父が、しょっちゅう、おまえさんのことを自慢してた。江戸中の岡っ引がみんな伊佐治のようなら、捕り物の苦労が半分になる。わしは、幸せ者だとな。うん……くどいほど自慢してたな」

何度も言われたことがある。

伊佐治、おまえのような岡っ引に会えて、わしは果報者だ。

右衛門は、真顔で、真正面からそう言ってくれた。言われる度に身の内を喜びが貫いた。時に渡される金子より、情のこもった一言の方が幾倍も嬉しかった。胸に響く情の一言を、右衛門の嚙み締めるような物言いを伊佐治が失ってから久しい。

「おれもそう思う……誉めてんだぜ、親分。ちっとは嬉しそうな顔しなよ」

「へぇ」

あんたじゃ無理だ。あんたじゃ、心底、他人を喜ばす文句は言えねえ。

伊佐治は、俯いて微かに頭を振った。視線の先には、筵からのぞいた女の足先があった。

ふっと空気が揺れる。人の動く気配がした。顔を上げ、伊佐治は軽く息を詰めた。

男が立っていた。長身だ。その男の後ろから町のざわめきと竪川の風が入ってくる。

男は、浅黒い引き締まった顔をしていたが、血の気のないことは一目で知れた。荒い息をしている。会ったことはない。しかし、この男が誰か、即座に理解できた。源蔵が、やはり息を弾ませながら、男の後ろで大きく頷いた。

「遠野屋の旦那。朝っぱらから申し訳ねえが、このほとけの顔、ちっと拝んでもらいてえ」

男は微かに瞳を動かし、土間に膝をついた。その仕草に乱れはない。伊佐治は、筵をそっとめくった。

水死人の顔には、ほとんど傷がついていなかった。閉じきれなかった瞼の下に目の縁がのぞく。血の通いを止めた顔は、作り物めいて陶器に近く見えた。死体の横に膝を折ったまま、遠野屋は動かない。さっきまで荒かった息さえ、鎮まっていた。

伊佐治と信次郎は顔を見合わせた。二人とも愁嘆場は星の数ほど見てきた。泣く、喚《わめ》く、うめく、取りすがる。放心、失神、錯乱。突然に、理不尽に、近しい者を亡くした者の嘆きは、激しい形をとることで、残された者を気の狂いから、かろうじて救っているのだと、伊佐治は知っていた。中には、芝居をする奴もいたけれど。

ただ、この男は……。

目の玉だけを動かして、遠野屋の横顔を窺う。驚愕も悲哀も他のどんな感情も読み取れない。あまりのことに、我を忘れているわけではない。魂の抜け落ちた目ではなかった。

「遠野屋の……」

伊佐治が話しかけようとした時、遠野屋の両手がすっと伸びた。死体の頭を後ろから支え、ゆっくりと持ち上げる。洗い髪の女が身体を起こすのを助けたように見えた。

「りん」

声が漏れた。

「間違いねえかい」

信次郎が尋ねる。火鉢の側《そば》で茶をすすっていた。伊佐治の中で、信次郎に対する不満がまた、むくりと動き出す。

同心が死んだ者やその身内に、いちいち同情していたら身は持つまい。

しかし、哀れんでいるふりなりとすればいいじゃねえか。武家だろうが町人だろうが、人一人、死んだのには違いねえ。女房を亡くしたばかりの亭主の前で美味《うま》そうに茶をすることもあるめえに。

遠野屋はしばらく女の顔を見つめ、抱き起こしたときと同様に静かな動作で横たえた。羽織を脱ぎ、上半身を包むように掛ける。滑らかな動きだ。軋みなど欠片《かけら》もない。その動きのまま、信次郎に向かって告げる。

「間違いございません」

「そうか。まだ、調べは全部終わってねえが、お内儀《かみ》が昨夜、二ッ目之橋から飛び込んだのは、間違いねえ。見た奴もいる。まっ、詳しくは、後からそこにいる尾上町の親分から聞いてくんな。おまえさんには気の毒なこったが、どうだ、何か心当たりがあるかい？」

遠野屋の肩がぴくりと動いた。顔が上がる。信次郎が湯飲みを置いた。一瞬、身構える気配が伊佐治にも伝わる。顔を上げた男の眼差しは、それほどに鋭かった。

「その儀につきまして、今一度のご探索をお願いしとうございます」

鋭い目をふせ、遠野屋が再び頭を下げる。伊佐治と信次郎も、もう一度顔を見合わせていた。

「おりん、おりん」

悲鳴と川風と朝の光が、どっと流れ込んできた。女が飛び込んできたのだ。大小霰《あられ》の小紋の裾が乱れ、素足が覗く。結い上げた髪のそこここに白い髪の目立つものの、はっとするほど色香のある女だった。

「おっかさん」

遠野屋が腰を浮かせる。遮るように両手を広げた。

「清《せい》さん、おりんは、おりんは」

「おっかさん、待ってろと言ったのに……」

「おりんは、どこなんだよ」

女の口の端から、唾が流れた。指が遠野屋の腕に食い込む。歯ががちがちと鳴る。美しいだけに、すさまじい狂乱だった。少しの間躊躇《ためら》い、遠野屋は羽織をめくった。女の身体が、表情が、感情さえ固まる。凍てついたのだ。

「おりん」

はっきりと一言、名を呼んで、女の膝が崩れた。骨も意志も失ったように崩れる身体を遠野屋が支えた。失神する一歩手前で踏みとどまって、女は喉を震わせ始めた。

「おりん……なんで……」

細い悲鳴が震える喉から漏れる。支えた腕を振り払って、死体の上に被さった。

「なんとも……お気の毒なこって……」

本気でそう悔やみの言葉を口にしながら、伊佐治は、内心僅かに安堵していた。自分の知っている愁嘆場だと感じたのだ。涙や嗚咽《おえつ》がないと、死んだ者がなお、哀れだと思う。この女は、間違いなくおりんの実母なのだろう。身も世もあらぬ嘆き方は、見苦しくも痛々しくもあったけれど、何よりこの場に相応《ふさわ》しかった。

遠野屋が、信次郎の前に跪《ひざまず》いた。

「旦那さま、なにとぞ、お調べ直しのことお願い申し上げます」

「調べはついてる」

信次郎の答えは、にべもなかった。

「おまえさんの女房が竪川に飛び込んだのは、間違いねえ」

「納得いたしかねます」

「なにも、おまえさんに納得してもらうために、おれは、扶持《ふち》を貰ってるんじゃねえよ」

哀悼どころか揶揄さえ含んでいる口調だった。

たまりかねて、伊佐治は口を挟んだ。

「遠野屋さん。お内儀さんは、昨日はどうしていなすった？　なにか、変わったことがありやしたか？」

「はい……りんは、朝から幼馴染みの嫁入り先に産屋明《うぶやあき》の祝いに行くと申しまして、出かけておりました。遅くとも夕七つには帰ってくるはずでしたが……」

「木戸が閉まる刻《とき》になっても、帰ってこなかった」

今度は、信次郎が口を挟む。

「暗い道を女一人で帰らせるのも気になりまして、木戸が閉まる前に、店の者を迎えにやりましたが……」

遠野屋が言いよどむ隙をついて、信次郎は、ふふんと相槌とも冷笑ともつかぬ声をもらした。

「もしかして、その幼馴染みのとこには行ってなかったと、そういう話か、遠野屋」

「はい」

「なるほどね。そういうことは度々あったのかい」

「二月《ふたつき》に一度か、二度、出かけることはございました。夕には、必ず帰っておりましたが」

信次郎が、伊佐治に向かって、肩をすくめてみせた。思わず頷いていた。まだ、若い女が亭主に偽ってまで、家を空ける。どんな訳がある。十中八九、男だろう。と、すれば、身を投げた訳も知れる。亭主への慙愧懺悔《ざんきざんげ》か男との痴情もつれか……。

「りんに、男はおりません」

伊佐治と信次郎の顔にゆっくり視線を這わせながら、遠野屋の目に挑みかかるような険が現れる。それは一瞬で消えた。一瞬だからこそ突き刺さる。怯《ひる》みが、伊佐治の身体を無意識に半歩後ずらせた。

「りんに男がいたとお考えのうえの探索なら、ご無用に願います」

「なんで、そう言い切れる」

「亭主でございますから」

「亭主が、一番、わかんねえんだよ。おめえの女房がいくら閨《ねや》の中で可愛くとも、女は女。亭主に満足できねえとこを他の男に埋めてもらってたかもしれねえ」

「旦那」

伊佐治は、信次郎の袖を軽く引いた。

いくらなんでも、言い過ぎでござんすよ。

胸の内でそう続けた。

「一つ、二つ、気にかかることもありやす。稲垣屋のことも含めまして、あっしもちっと探ってみたいんですがね」

信次郎の言をとりなす意味もこめて、伊佐治は言った。嘘ではない。伊佐治の岡っ引としての勘に引っかかるものが一つ、二つ確かにある。

遠野屋の肩から力が抜けた。お願いいたしますとの声が掠《かす》れる。そこに、女の嗚咽が重なった。

「おっかさん……」

女の方に向き直った遠野屋の背後で、信次郎がふらりと立ち上がった。指が、鯉口《こいぐち》を静かに切る。とたん、殺気が伊佐治の肌を針のように刺してきた。源蔵がうひっと声を漏らし、目を見張る。

「旦那、なにを……」

伊佐治が息を呑み込んだ時、遠野屋は再び身体を巡らせて、信次郎の正面に手をつき、頭を垂れた。

「ご探索の儀、なにとぞ、よろしく願います」

第二章　朧《おぼろ》の月

遠野屋たちが引き上げた自身番の中で、信次郎は二杯目の、伊佐治と源蔵は一杯目の茶を飲んだ。渋みばかり舌にきつい安茶だったが、渇いた喉には美味かった。

「親分」

「へえ」

伊佐治が湯飲みから顔を上げる。呼び掛けておきながら、信次郎はしばらく無言で、自分の膝のあたりを見つめていた。

「あの男のこと、どのくらい知ってる？」

「遠野屋のことですかい」

「他に、誰がいるんだよ。おれが書役のじいさんや源蔵のことをわざわざ聞くわけねえだろう」

「なに、怒ってるんです、旦那？」

「怒ってなんかねえよ」

「怒ってますよ。それもかなり本気で」

伊佐治は、わざと大きな音を立てて、茶を飲み干した。

「ほとんどなんにも知りやせん。遠野屋のあたりは、あっしの畑と違いますんで。確か、先代が小間物売りから叩き上げて、構えた店だと聞いたことがありやすが。なかなか堅え商いだと」

「商いのことはいい。あの男は、なんだ？　え？　どうなんだ？」

「ほら、やっぱり怒ってる」

「怒ってねえよ。あいつは、遠野屋の婿なのか」

「どうなんだい、源」

矛先を向けられて、源蔵は軽く咳こんだ。

「へえ、遠野屋には、もともと娘一人しかいなかったようで……」

信次郎が身を乗り出す。

「で、どこであの婿を仕入れてきた」

「さあ……」

源蔵は首をひねり黙りこんだ。商売柄、かなり饒舌《じょうぜつ》であるはずの舌が今日は、やや重い。

「調べな」

その一言の後、信次郎は湯飲みを握り締めた。

「遠野屋のことを調べて、逐一、おれに知らせてくんな」

伊佐治は背筋を伸ばし、信次郎に身体を向けた。

「よろしいんで、旦那？　遠野屋のことを調べるてえことは、この件、一から考え直しってことになりやすが」

信次郎は無言のまま、湯飲みを手の平で回した。

「旦那」

「なんだ」

「遠野屋を疑ってんですかい？」

今度も返事は、しばらくなかった。信次郎の指が柄《つか》の上で、ひくりと動く。

「訳は知らねえ。しかし、女が飛び込むところを見た奴がいる。死体を検分してもとりたてて、怪しい傷があるわけじゃない。どう考えてもただの身投げだ。訳なんざ、なくした巾着みたいなもんで、丁寧に探せば、ひょっこり出てくる。その算段が大きいだろう。世の中、そんなもんだ」

「まったくで」

「親分もおれも、暇が余ってるご隠居って、けっこうなご身分じゃねえ」

「忙しゅうございますね、毎日。でも、遠野屋のこと調べるぐれえ、簡単にできやすよ」

うむと唸り、信次郎は伊佐治に向かって、僅かに頭を下げた。

「すまねえが、調べてみてくれ、頼む」

これには、伊佐治も慌てた。

「旦那、やめてくださいよ。旦那に頭を下げてもらったりしたら罰《ばち》があたりますさぁ。旦那にやれと言われたことは、やりやす。それで、下手人が……」

「下手人が出てくるとは思えねえ。……しかし、あの男は気になる」

信次郎の目が、すっと細まった。かろうじて聞き取れるほどの声で呟く。

「おれの前で、こう手をつきながら、あの野郎、毛筋一本分の隙も見せなかったぜ。女房が目の前で死んでんだぜ。なんで、動揺しねえ。おれの殺気をきっちり捕まえやがって……ただの商人《あきんど》じゃねえ。絶対に違う」

「わかりやした、旦那。おまかせくだせえ」

「すまんな」

信次郎は、片手をあげて拝む真似をした。自分の個人的な拘《こだわ》りに伊佐治たちを巻き込むことを苦にしているのだ。

へぇ、案外に、律儀なお人だったんだ。

伊佐治は、身を引いて、信次郎の若い横顔を眺めた。右衛門との血の繋がりを、初めてそこに見た気がした。

「で、親分の方は？」

「へ？」

「へ？　じゃねえよ、さっき言った気になることってのは、どういうことだ」

信次郎の表情も物言いも、元に戻っていた。どこかに皮肉と倦怠を潜ませて、ねちりと、しかし怜悧に迫ってくる。

「へぇ、あっしの方も、これといって確かなことじゃねえんですが。まずは、おりんが死んだ訳をはっきりさせたいんで。どうも……いや、じつは、すっかり忘れていやしたが、どうも遠野屋の若おかみに、恩を一つ借りたままにしてたようで」

「恩？」

「へぇ、もう二年も前になりやすかね」

二年前の夏、深川三間町《さんげんちょう》にある知り合いを訪ねての帰り、不意の雨にであった。弥勒寺《みろくじ》橋を渡ったばかりで、右手に弥勒寺、左手には武家屋敷の塀が続いているだけだ。雨宿りできるような場所は、どこにもなかった。

しょうがねえ、走るか。

覚悟して単衣《ひとえ》の裾をはしょった時、すっと傘が差しかけられた。振り向くと、若い女が立っている。丸顔の黒目の美しい女だ。目尻に泣き黒子《ぼくろ》があった。それが初々しい色気を女に添えている。

「どうぞ、これ、お貸しします」

「へっ、いや、あっしなら結構で」

「でも、これから降り、強くなりますよ」

遠く、雷鳴が聞こえていた。

なるほど、こりゃあ本降りになるな。

渦巻いて厚くなる黒雲を見あげる頰に雨粒があたった。

「けど、お嬢さん、あっしがこれを借りちまったらお嬢さんがお困りでしょう」

「あたしには連れがおりますから、大丈夫です」

「そうですか……じゃあ、お言葉に甘えて、お借りしやす」

「はい、どうぞ」

女の顔が、ほころぶ。なぜか、上野山の桜が浮かんだ。こくりと強く動悸がした。

「お嬢さん、これ、どちらにお返しにあがればいいんで」

「森下町の遠野屋という小間物問屋です。湧き水の出ているお稲荷さんの近くですから、すぐわかると思いますよ」

若い女はふいに、くっくっと笑い声を漏らした。

「わたしね、お嬢さんじゃないの」

「は？」

「これでも亭主がいるんですよ」

「あっ、へえ、さようで」

なるほどよく見れば眉剃りこそしていないが、女の姿形は、若妻のそれだった。何故、気が付かなかったのかと、胸の内で首を傾げる。そして、前に立つ女にちらりと目をやった。笑顔にぶつかる。やはり桜を思わせる笑みだった。

つられて、伊佐治も微笑んでいた。女の顔は、まだ娘の名残《なごり》が色濃くて、亭主がいるんですと、心持ち顎を上げた姿が、微笑ましくもあり、なぜか痛々しくも感じてしまう。

雨脚が、強くなり始めた。伊佐治に背を向け、弥勒寺橋に向かって女が駆け出す。白っぽい雨筋をくぐって、橋の袂に傘を差した男の立ち姿がぼんやりと見えた。その傘の下に女が飛び込む。二人は、なにか言葉を交わし、一つ傘で弥勒寺橋を渡っていった。

「なるほどね、それが遠野屋の若夫婦だったってことか」

「へえ」

「で、どうした？」

「へ？」

「傘だよ、ちゃんと返したのかい」

ちゃんと返した。雑事に追われて、伊佐治本人は行けなかったが、おふじ自慢の小魚の煮つけを礼に付けて、源蔵を使いに出したのだ。川から引き上げられた死体を一目見て、源蔵がおりんと見極めたのは、その時の記憶が基らしい。伊佐治には、わからなかった。このところ、老いの徴候なのか、時が経てば覚えが曖昧になることが多くなった。が、しかし、わからなかったのは、歳のせいではない。死人として顔色をなくし、口を半開きにした女と弥勒寺橋の袂で傘を差し出した若女房の顔が、どうしても一致しなかったのだ。今でも、違和感は僅かだが、ある。伊佐治は、小さくため息をついた。おりんは、生きていてこそ心に残る女だったのだ。その容姿が目立つほどに美しいわけではない。しかし、生きて、動いて、笑って、話す時、人の心に沁み込んでくる。そういうなにかを持っていた。命が消えうせて、ただの骸《むくろ》となった時、おりんの持っていたなにかも消えてしまったのだ。おりんは、おりんでなくなった。

遠野屋は、あの亭主は、筵の下の死体を一目見て、それに気が付いただろうか。一目見て、自分の女房が、もうどこにもいないのだと悟っただろうか。

「親分」

皮肉っぽい声がした。

「傘を借りた恩をきっちり返してえなら、それもいい。ただ、調べの方は情に流されずにな」

立ち上がった信次郎に、伊佐治は頷いてみせる。

「心得ておりやす。旦那の方こそ……」

「おれがなんだって？」

旦那の方こそ、埒《らち》もねえ感情に拘り過ぎて理を見失いませんよう。と続く言葉をさすがに呑み込んで、伊佐治は、もう一度、深く頷いた。

信次郎といると、ついつい、嫌味な一言が口をつきそうになる。それを無理やり押しつぶすと、なぜか薬湯のような苦味がした。

信次郎の口から、冷笑とも落胆ともとれる、長い息の音が漏れた。

信次郎が詰め所をのぞくと、臨時廻りの吉田敬之助《よしだけいのすけ》が一人、火鉢の側に座していた。顔色の悪さが目立つ。肌は乾いて妙に白っぽく見え、唇にも色がなかった。

「吉田さま、いかがなされました?」

「信次郎か、いや……少し、寒気がしてな」

「お風邪をめされましたか」

「かもしれぬ。同じ独り身とはいえ、わしは、おまえのように若うないからな……冷え込むと、身体に応える」

吉田は三年前に妻を亡くしていた。めっきりと老け込んだのは、それからだ。子はいない。父の右衛門とは気が合ったらしく、よく酒を酌み交わしに来ていた。戯画や戯作が巧みで、幼い信次郎を膝の上に抱いて、鼠の嫁入りや荒れ寺の幽霊話を語ってくれた。

高く透き通った青空を見たり、ふいっと道を横切った鼬《いたち》と目が合った瞬間、吉田の語ってくれた物語が唐突に蘇《よみがえ》ってくることがある。

むかしむかし、おまえが生まれるずっと前のことじゃ。そのころ、まだ江戸は江戸と呼ばれておらず人でなく獣や怪しが多勢すんでおった。

大人の男の膝の中にゆったりと身体を預け、酒の香とともに数多《あまた》の創り話を聞いた。魔の者が潜む闇や獣人たちの棲む奇妙な村や、善人だけが行き着ける桃源郷がこの世にはあると、本気で信じていた。その頃の胸のときめきや安堵感が、蘇ってくる。それは、右衛門が残してはくれなかった快感だった。

「熱い茶でも淹れましょうか」

吉田が、ものうげに首を横に振った。

「年寄りの病などに、いちいち関わるな」

「しかし」

「案じることはない。良い医者を見つけてな、なにかと薬を処方してもろうておる。飲めば、すぐ楽になる」

「さようでございますか。それはようございました。巷《ちまた》には、碌《ろく》に治療もできぬいかがわしい藪医者も多いので」

大名家に勤める御殿医ならまだしも、資格も免許もいらない町医者なら誰でもなれる。口先三寸で誤魔化し、高値の薬を売りつけたり、法外な治療費をせびるごろつき紛いの輩《やから》も大勢いるのだ。

騙《だま》されちゃいねえんだろうな。

老いの著しい吉田の姿に少し不安を覚えた。それを察したのか、吉田は微笑し、軽く手を振る。

「良医じゃ。間違いない。昔、土地を貸していた医者でな。ずっと付き合いがあった」

八丁堀《はっちょうぼり》の組屋敷は百坪ほどの地所があり、通りに面したあたりを医者や儒者に貸して家賃を取ることも珍しくない。そういえば、吉田の家を訪れた時、幾種類もの薬草が陰干しにされ、風に揺れていた風景を見たことがあるような……。

「今は、息子が跡を継いでおるが、なかなかの評判で……いや、こんなことはどうでもいい。わしに構うことはない。おまえには、おまえの果たさねばならぬお役目があろう」

「はっ」

薬で癒える病なのか？　目を伏せながら、信次郎は胸の中で独り言《ご》ちる。それほど、吉田の顔色は悪かった。

「どうだ、このところ町廻りは？　物騒な騒ぎもあまり聞かぬが」

「はい……いえ」

「なにかあったのか？」

「竪川に飛込みがございました」

「竪川？　大川でなく」

「はい。森下町の遠野屋という小間物問屋のおかみが、昨夜、飛び込んだようで……」

「森下町の遠野屋……」

吉田は腕を組み、空《くう》に目を据えた。火鉢の中で、炭が小さな火の粉を散らした。ちりっと乾いた小気味いい音がする。その火に炙られたのか、吉田の顔に血の気が僅かに戻っていた。

「確か色っぽいおかみがいたような……娘が一人いて」

「その娘の方です」

「娘が……あの娘が身投げを……」

「ご存知ですか？　りんという名なのですが」

返事の代わりに吉田は、腰から外した物を信次郎の前に黙って差し出した。

「根付《ねつけ》で、ございますな」

「うむ。これを遠野屋で求めた」

翁《おきな》が満面の笑みを湛《たた》え幼子を抱いている像だった。材質は黄楊《つげ》か。

「竹取物語でございますか。これは、なかなかの」

「わかるか？」

「いや、目利き立てとは申せませんが、素人目にもかなりのものとお見受けいたしました」

信次郎の口調に我知らず潜んだ不審に気が付いたのか、吉田は苦笑を浮かべた。

「そう、かなりの名工の作だ。わしらの扶持で買えるものではない。求めたとさっき言ったが、譲られたと言った方が正しい」

「と、言いますと？」

「あれから何年になるか……遠野屋の娘が、掘割に落ちたことがあった。遊び仲間の下駄が堀に落ちて、それを拾おうとして足を滑らせた……。たまたま、わしが通りかかって救った。溺れながら、娘が赤い下駄をしっかり握っていたのを今でも覚えておる」

「その礼に、この根付を」

「うむ。お上の御用をあずかる者が、受け取るわけにはいかんと断ると僅かな金子と引き換えに、渡してくれた」

吉田さまらしいと信次郎は、胸の内に呟いた。同心の俸禄は、役人中でも最低の三十俵二人扶持だ。しかし、信次郎が金に困ったことはない。養う妻子を持たないということもあったが、なにより、町方の物持ち連中から、季々、折々の付け届けがある。

むろん、日頃からの世話を頼んでのことだ。袱紗《ふくさ》に包まれた金子を信次郎は、なんの抵抗もなく収める。賄賂などといった禍々《まがまが》しいものでなく、挨拶、御礼の類なのだ。

名品とはいえ、小さな根付一つに拘る吉田の律儀さは、滑稽にさえ思える。しかし、今、信次郎の神経に引っ掛かって震えたのは、吉田の性癖とは別のものだった。

「堀に落ちてと申されましたな」

「え？　うむ」

「おりんがで、ございますな」

「そうだ。色の白い愛くるしい子だったな」

炭の火が、また小さく弾ける。後半月もすれば師走の声を聞く。歳の市が立ち、煤竹《すすだけ》売りや暦売りの声が町々に響き始めるはずだ。

「堀に落ちて、溺れて……」

呟き、腕を組み、昨夜の竪川の様子はどうだったかと、自問してみる。

月が出ていた。青い大きな月だ。数日、春を思わせる穏やかな日々が続いた後、冬が本性をあらわしたように、容赦なく冷え込もうとしていた。寒かった。青白い月に照らされれば、なおさら、竪川の水は冷たく見えたのではあるまいか。

「飛び込むかなぁ……」

また、呟く。今度は、吉田が答えを返した。

「そういえば、一度溺れた人間は、こちらが思う以上に水を恐れると聞いたことがあるが」

「はい。首を吊っても、薬を飲んでも、喉を突いても人は死ねます。おりんは、なぜ入水を選んだのでしょう」

「道具が必要ない。飛び込むだけだ。案外、楽に死ねると思うたのかもしれんな」

「水に溺れる苦しさを知っていても、でございますか」

「死のうと思い詰めた人間の、特に女の心の有り様は、わからん。生きることを当たり前としている人間にはな……信次郎、人の心の内は、見ようとしても見えぬ分の方が多いものだ」

話が説法のようになってきた。潮時かなと信次郎は、組んでいた腕を解《ほど》いた。袖口から冷気が入り込んでくる。今日も一日、冷え込みは緩まぬまま過ぎるようだ。腕に這い上がる冷たさが、一人の男の目を思い起こさせた。

そうだ、もう一つ、聞いておかねばならぬことがある。

「吉田さま、おりんの亭主のことをなにかご存知では、ありませぬか？」

「亭主……そういえば、先代の遠野屋が亡くなる十月《とつき》ほど前に祝言をあげたと聞いたが……」

「先代は、病で亡くなったので？」

「そうだ、胃の腑のあたりに質《たち》の悪い腫《は》れ物ができたとか言うておった」

「そのことを誰からお聞きになりました？」

「うむ……本人だ。そうそう、いつだったか、両国橋の上ですれ違うたのよ。向こうから声を掛けられて……うむ、最初、わからなかった。別人のように痩せておってな……しかし、晴れ晴れとした顔をしていたな。実に良い婿がきて、心残りが大方なくなったとか……確か、それから一月もせぬまに、亡くなったと思うが……それから、遠野屋の商いが傾いたという噂は聞かぬから、なるほど良い跡取りであったのかもしれぬな。羨《うらや》ましいことよ。心に荷を残さぬは、成仏の道じゃからのう」

「はあ……仰せの通りで。ただ、お聞きしたいのは先代でなく、今の遠野屋の主《あるじ》でございまして、どういう男なのか」

「気になるのか」

「いささか。町方の者ではない気がいたしました。あるいは、武士ではなかったかと……」

「そうだ」

吉田の答えがあまりにあっさりしていたので、信次郎は思わず膝を前に進めていた。

「武士なので、ございますね」

そうだとまた、短い返事があった。

この方は……と、信次郎は苛立《いらだ》つ。

この方はどうでもいいことは、長々しゃべるくせに、肝心要《かなめ》のところに、ずばっと入ってこねえ。知恵の回りが遅えのか、呆《ぼ》けてきているのか、まさか、おれを焦《じ》らして喜んでるわけでもあるめえしな。親父もそうだった。年を経る毎にくどくなって、事の真偽がわからなくなっていた。

「それでは、御家人崩れで」

「わからぬ。遠野屋は、あまり詳しゅうは言わなかったような……いや、どこか西国の藩の……違うか……しかし、御家人とは聞かなかったような……」

吉田は、手の中の根付に目を落とし、口の中でなにかを呟いた。聞き取れない。信次郎は、軽く頭を下げると、詰め所を出た。丁寧に詰めれば、後少しなにがしかの情報は得られたかもしれない。しかし、吉田のくどい話は鬱陶しい。鬢《びん》の白い毛も、丸めた背中も、頰から顎にかけて浮き出たシミも鬱陶しい。

親父と同じだ。

と、思う。歳を取るということが、諦めるということと重なり合っているのだ。なにも望まず、望めず、日々を生き、どん詰まりに無為の死がある。

右衛門の羽織の上に、赤い花弁が散っていた。椿。稲荷の門前にある貧弱な椿の木から、それでも艶《あで》やかな花弁が散ったのだ。信次郎の目に映った唯一の色彩だった。雪解けの泥にまみれた死体をただ、椿の花弁だけが飾っていた。

惨めなもんさ。あんな死に方だけは、したかねえ。

その思いは、雪解けの日から今日までの年月、心のどこかを常に占め続けてきた。それは、自分もいつか老いさらばえていくことの恐れであり、絶望でもあった。だから、目の前に突きつけられる吉田の老いが鬱陶しい。生々しく鬱陶しいのだ。

袖を肩まで掻き上げてみる。鍛え上げた腕の肉が、冬の淡い光に白っぽく浮いた。

あの男の腕は、さて、どういう肉を付けているか。

少なくとも算盤と筆を持つだけの腕では、ないだろう。下唇を舐めてみる。吉田に抱いた鬱陶しさや苛立ちは、するりと消えていた。代わりのように、軽い昂《たか》ぶりが起こる。珍しい玩具を手に入れた子どもの頃の昂ぶりだ。

おれも存外、ガキだな。

信次郎は一人、小さく笑ってしまった。冷気が真っ直ぐに胸の内に滑り落ちてくる。

吉田は、ぼんやりと座っていた。信次郎が部屋から出て行ったことにも暫《しばら》く、気が付かなかった。この頃、何時《いつ》の間にか……ということが多くなった。何時《いつ》の間にか刻が経っている。何時の間にか季節が移ろっている。何時の間にか亡者ばかりが増えていく。身の回りから、馴染んだ者や品が失せていくのに伴って、気のあり方も鈍くなっていくようだ。易々と忘れ、記憶が覚束なくなっていく。それが人の理《ことわり》かとも思う。先に逝った者や失った品を克明に覚えていては、生き抜くに苦しい。若い頃の華やかさや夢を惜しみ続けるのも愚かだ。だとすれば忘れるに限る。

赤い鼻緒の下駄が、頭の中にゆるりと現れた。潤んだ双眸《そうぼう》が浮かぶ。びっしょりと濡れた頰に乱れ毛が張り付き、その下に泣き黒子が見えた。

おちかちゃんの下駄なの。

おりんの声がした。掘割から助け上げた時の声だ。その声に触発されて、するすると記憶が解ける。鮮やかに広がる。おちかというのは、裏店《うらだな》に住む経師《きょうじ》職人の娘ではなかったか。ずぶぬれのおりんの側で泣いていた。おちかの下駄が堀に落ち、拾おうとしておりんは、足を滑らせた……。

吉田は、目を閉じた。信次郎に言わなければならないことがなにかある。そんな気がする。伝えねばならぬことがあるのだ。しかし、目を閉じると、おりんの声も顔もあっけなく遠ざかり、鈍い痛みだけが頭の隅で疼いている。


惣助《そうすけ》は、はぁと短いため息をついてから、伊佐治の顔をちらりと窺った。心底困ったという息のつき方だ。ただし、顔の形も鼻の造作も饅頭《まんじゅう》を思わせるほどに丸いので、陰鬱な感じはしない。むしろ、滑稽だ。伊佐治の後ろで、源蔵がくすりと無遠慮な笑いを漏らした。

伊佐治たちは、稲垣屋の座敷に通されている。なかなかに繁盛している店らしく、きびきびした商いの声が絶えることなく飛び交い、時に、座敷まで伝わってきた。

「それじゃ、稲垣屋さん、女が飛び込んだらしいとわかってからも暫く、あんたは橋の上にいたわけで」

伊佐治が言い終わらないうちに、惣助は頭を畳にすりつけるほど下げた。

「親分、申し訳ありません」

「いや、そんな、あっしに謝るのは、お門《かど》違いってもんですよ。それより、なんですぐに自身番に駆け込まなかったんで」

「それは……その、あんまり驚いてしまって、どうしていいやら見当がつかなくて……」

見当がつかなかった？　これだけの店を切り盛りしているひとかどの商人が、狼狽のあまり、見当がつかなかったというわけか。橋を渡ればすぐそこに、自身番の灯が揺れていたにもかかわらずな。

稲垣屋さんと、伊佐治は大仰に眉をひそめ、声を低くした。低くした声に、僅かに威嚇の響きを込める。惣助の丸顔が赤く染まった。また、ため息が漏れる。

「いや、親分さん、嘘じゃありません。ぼーっとしてたのは本当です。ただ、それより……はい、どうせ女房には、ばれてしまいましたので、正直に申します。実は、あの夜、馴染みの女と遊んだ帰りでして……その、はい、ここで騒ぎに巻き込まれたらまずいかなと……埒もないことを考えてしまいまして……それで、自身番へ行くのが、少し遅れて……」

少しかと、伊佐治は己の胸の内に囁いてみる。夜鷹蕎麦屋の話では、水音がしてから惣助が自身番に飛び込むまでに、客一人が蕎麦を食い終わっている。その時間を少しと言えるかどうか……。

「親分、わたしがもう少し早くお知らせすれば、あの人は助かっていたんでしょうか」

惣助の声が震え始めた。言葉にしてやっと、事の大きさに気が付いたという震えだ。

「さあて」

考える。寒い夜だった。草葉の先には霜がおり、それが月の光の中で微かに光っていた。地も家も木も草も川もしんしんと冷え込み、凍ったまま夜の底に沈もうとしていた。そんな夜の川に飛び込んで、人は助かるだろうか。惣助が、すぐに自身番に知らせたからといって、おりんが生きて川から上げられたとは思えない。

惣助は橋の上で迷った。むろん、誉められたことではない。しかし、見過ごしにはしなかったのだ。そのまま、知らぬふりで逃げてもよかった。けれど、迷いの後に、遅ればせながらでも人としてやるべきことはやった。橋の上での逡巡を咎《とが》めるのは酷だろう。伊佐治はそう判断し、判断したことを口にした。

「稲垣屋さんが、すぐに番屋に走っても同じだったと、あっしは思いやす」

惣助の肩から、あからさまに力が抜けた。

「良かったぁ」

安堵の声が零れる。それから、慌てて緩んだ口元を引き締めた。

「いや、人一人死んで、良かったは不謹慎ですが……あれから、気が重くて、重くて」

惣助が何回目かのため息をついた時、失礼いたしますと障子の外で声がした。女が茶盆を持って入ってくる。小太りの色の白い女だった。赤いぽってりとした唇が童女のようで愛らしい。茶を置いて、女は伊佐治の前に両の手をついた。

「女房のつなでございます。この度は、稲垣屋がお手数をおかけいたしまして」

おつなは一息ついて、顔を上げた。童女のような唇が固く噛み締められている。両の目が闇夜の鼬を思わせて、ぬめりと光った。

「親分さん」

「へい」

「お上の御用のことです。うちのでよければ、どうぞ大番屋なり、お奉行所なり呼び出して、お取調べください」

「おかみさん、冗談いっちゃいけねえ。旦那は科人《とがにん》じゃねえんだ」

「御法で裁けない科もございますでしょう」

おつなの視線が惣助の横顔を射る。伊佐治は、さりげなく話題を変えた。

「稲垣屋さん、あんた、飛び込んだ女の姿形、はっきり覚えてますかい」

「は？」

「いや、有《あ》り体《てい》に言っちまえば、あんたが見た女とほとけになった女が、同じだと言い切れるか、もう一度、聞きてえんで」

丸顔に戸惑いが表れた。それは淡く目元や口元に留まり、稲垣屋の表情に陰影を与える。

「そのことは、何度も申しました。違う女であるはずが……」

「女は、あんたに顔を向けたわけじゃねえんでしょ。月の光だけでちらりと見た女と川から引き上げられた女が同じだと言い切れますかい？」

「しかし、そんな……違う女だなんてことが……」

惣助は、腕組みをしてうむと唸り、暫く黙りこんだ。のっぺりした顔が引き締まり、よく物を考える商人の様になる。

「親分、間違いはございません」

「そうですかい。端《はな》から、同じ女と決めてかかってそう信じ込んだ……ということは、ありやせんね」

「わたしも商人です。他人さまの姿形を見る目は、確かだと思います。確かに、はっきりとではありませんが、着物の柄、目の下から顎にかけての横顔を見ました。間違いないはずです」

言い切った商人の目元からも口元からも、戸惑いは、きれいに拭い去られている。

ふむ、これは、間違いないというこの男の一言を信じて差し支えないようだ。伊佐治は、膝に手を置き、背筋を伸ばしてみる。おつながふんと、わざとらしく鼻を鳴らした。

「それで、あんた、緑町の女にはどんな柄の着物を買ってやったんですか。業平菱《なりひらびし》ですか。菱小格子《ひしこごうし》ですか」

「おつな」

さすがに、惣助は声を荒らげた。

「いいかげんにしなさい。親分さんはお上の御用できていなさるんだ。悋気などみせてみっともない。慎みなさい」

おつなの顔がくしゃりと歪んだ。惣助を押しのけるようにして伊佐治ににじり寄る。白粉《おしろい》の匂いが鼻をついた。

「親分さぁん」

「へっ、へい」

「みっともないのは、わかってます。けど、悔しくて、悔しくて、身の内が煮えくり返るようなんですよう」

おつなはそこまで言うと、袂で顔を覆った。

「この人ったら、まる一年、わたしを騙してたんですよ。毎月、毎月、一日と中日、寄り合いだなんだと女房を騙して、女の所に通ってたんですよ。律儀なもんですよ。毎月、判を押したみたいにきっちり通ってたんですから……寄り合いだ、付き合いだって嬉しそうに……おかしいなとは思ってたんですよ。でも、まさか、うちの人に限ってなんてわたし……うっ、悔しい」

「はぁ、いや、ごもっともで。そりゃあ旦那が悪い。おかみさんの悋気は、わかりやす」

「で、ございましょう」

「まっしかし、ここからが女房の度量の見せ所ってもんですよ。男なんてもんは、そりゃあもう、しょうもねえ生き物でやすからね。どんなに女房が可愛くても、ちょっと色合いの違う女を見ればふらつく。稲垣屋さんだって、そのふらつきの虫が出ただけのこってすよ。女房がしっかり家にいてくれる、そこの安心に甘えてふらついてるんですよ。可愛いもんじゃありませんか。どんな女とご亭主が遊ぼうが、稲垣屋のお内儀《かみ》は、おつなさん一人しかいやしません。今度のことで、ご亭主も懲りましたよ。菱柄でも竹筋でも着物の一枚、いや二、三枚、簪《かんざし》も帯もつけて散財して、それでぱっと忘れてやっちゃあくれませんか」

「まっ親分たら……」

おつなが、涙を拭く。その後ろで惣助が手を合わせていた。今度のことで、緑町通いがばれ、だいぶ絞られたらしい。

稲垣屋の夫婦事情はどうでもいいが、おつなの言葉には引っ掛かるものがあった。

「稲垣屋さん、今のおかみさんの言う通りだとすると、あんた月に二度、きっちり緑町に通ってたんで」

一段落したと踏んだのか、覚悟したのか、惣助はあっさり頷いた。

「はい、おつなの言う通りでございます」

「道筋を違えることはなかったんですね」

「はい。一度、佐渡守《さどのかみ》さまの下屋敷の方を通ろうとしましたが、目つきの悪い中間《ちゅうげん》がうろついてまして、たぶん手慰みでもやってたんでしょうが、怖くて引き返しそれっきりです」

「ていうと、竪川沿いに相生町まで出て、御竹蔵に曲がる道でやすね」

「はい」

「違えたことは」

「一度もございません」

この人はほんとに律儀な性格なんですよと、おつなが唇を開き、愛らしく笑った。

第三章　欠けの月

遠野屋の商いは、日々の平静を取り戻したらしい。店の中は活気に満ちていた。小売も兼ねている小間物問屋で構えはさほどでもないが、構え以上に繁盛しているようだ。女主人を失った悲しみは悲しみとして、まずは乗り越え、滑らかに商いの回っている弾みを感じる。それは、老舗の大店《おおだな》や潰れかけた店には、決してない弾みだ。

あぁ若えんだと、伊佐治は納得した。店の雰囲気が若い。未熟であることを内に含みながら、坂を上っていく勢いがある。女物を多く扱う小間物問屋のおかみが、自ら命を絶ったというある意味暗い、人の口の端に上りやすい忌事も、この弾みがあれば、乗り越えていくのにそう苦労はなかったろう。

「おもしれえな」

横で信次郎が独り言ちる。伊佐治は肩をすぼめた。二人は今、遠野屋の帳場近くに座っている。傍を通った手代《てだい》の一人が、露骨に顔をしかめてみせた。当然だろう。商いの最中、岡っ引一人ならまだしも着流し巻羽織の同心が、店の中を見回しているのだ。迷惑このうえない。脅しと取られかねない行為だった。

「今少しで、切りがつきますゆえ、奥でお待ちいただけますか」

訪れた信次郎と伊佐治に、先刻、遠野屋はそう申し出た。邪魔にならないところで、商いの様子を見ていたいと信次郎は答えた。伊佐治は思わずその袖を引いていた。

「旦那、そりゃあ遠野屋さんに迷惑ですよ」

「なんでだよ。別にいいじゃあねえか。なぁ遠野屋」

「よろしゅうございますよ」

遠野屋があっさりと首肯する。狼狽することも躊躇することもなかった。

「商いの邪魔にならぬ場所でよろしゅうございますか」

と一言、信次郎の意を尋ねただけだった。そして、帳場の奥、畳敷きの端に座布団を二つ、自らの手でしいた。赤い襷《たすき》の小娘が茶を運んでくる。無言のまま軽く辞儀をし、立ち上がり、遠野屋は土間に待っていた職人風の男と話を始めた。四十半ばに見える半白髪の男は、なにやら熱心に急《せ》いた口調でしゃべっている。遠野屋は、頷きながら男から渡された物に見入っていた。つと、光に翳《かざ》すように手を上げた。手の中に櫛《くし》がある。

櫛職人か……。

「おもしれえな」

その時、信次郎が独り言ちたのだ。視線が、無遠慮にあちこちを舐め回していた。そうするに絶妙の場所なのだ。座ってすぐ、伊佐治は気が付いた。奥まっているだけに暗い。暗い場所は、明るい場所を見通す利があった。そして、溜っている暗みは、ここに座る同心と岡っ引の姿が露《あらわ》になるのを防いでいるはずだ。

「旦那、なにがおもしれえんで」

「店の様子だよ。あの娘たちはなにをしてんだ？」

店の隅に幅一尺ほどの棚が設けてあり、毛氈《もうせん》のように見える白っぽい布がしかれてあった。その前で娘たちが数人かたまっている。時に笑い、時に顔を見合わせて真剣に話をしている。身に着けている物から見て、そう裕福な家の娘たちではないらしい。そこそこに繁盛している小商人か腕の良い職人たちの娘。伊佐治は、そう推測した。大きく外れてはいまい。なりは質素でも、娘たちの笑い声が響く度、艶やかさとも華やかさともいえる気が豊潤に店の内に匂い立ち、揺れる。それは、色とりどりの小間物と不思議に和して、伊佐治の胸の中にも妙に浮き立つ気分を注ぎ入れてきた。

女中が軒行灯《のきあんどん》に灯を入れた。それを合図に、店内にも灯がともる。しかし誰も、帳場側の行灯に灯を入れようとはしなかった。自分たちを囲む闇が、一層濃くなったのを伊佐治は感じた。

「あら、もう灯が」

「やだ、おとっつぁんに怒られる」

娘たちのかたまりが、糸玉が解けるように広がった。未練げに動かぬ者、潔く店を出て行く者、品を指して手代と言葉を交わす者。伊佐治は首を伸ばしてみた。

櫛、簪、根掛《ねがけ》、匂い袋……様々な小間物が、無造作に白い毛氈の上に散らばっていた。

「お待たせいたしました」

ふいに声がした。背後の暗闇からだった。振り向く。暗みに慣れた目にさえその闇は、一瞬、漆黒の穴に見えた。信次郎の気配が、尖る。

「どうぞ、奥に」

遠野屋は、闇の中で動き、背中を向けた。信次郎が舌を鳴らす。

「親分、おたおたすんな。みっともねえ」

「旦那の方こそ、なんで柄に手なんかかけてるんです。あっしらは、捕り物に来たんじゃありませんぜ」

「うるせえ」

「汗かいてるじゃねえですか。商人相手に、冷や汗ですかい」

「いいかげんにしろ、伊佐治。口が過ぎるぞ」

「へいへい……けど、旦那」

「なんだ」

「遠野屋の近づいてきた気配、面目ねえが、あっしにはわかりやせんでした。正直、飛び上がるほど驚きやした」

「だから言っただろうが。ただの鼠じゃねえって」

「ただでもなんでも、鼠ぐれえでしたら御《おん》の字ですがね。竜や虎ならえらいこってす」

伊佐治は、半ば本気で言った。岡っ引の暮らしの中で、無頼にも半端者にも賭場の胴元にも数多く会った。匕首《あいくち》で斬りつけられたことも、殴りかかられたことも数え切れない。そして、幾度となく修羅場をくぐった経験が、殺気とは剝き出しにすることは容易《たやす》いが、殺し抑えることは至難のものだと教えてくれた。遠野屋が自分たちに殺気を抱いていることなぞありえない。しかし、さっきのふいの気配には、信次郎をして、思わず柄に手をかけさせてしまうなにかがあった。その気配を伊佐治も信次郎も真後ろから声を掛けられるまで、察することができなかったのだ。

旦那の言う通りだ。存外、危ねえ男かもしれねえ。

「おもしれえ」

信次郎が、低く笑う。

「おもしれえ男だ」

くっくっと声を押し忍ばせて、さらに笑う。

そういやあ、この人も、なかなかに危ねえお方だった。

この世で、まともなのは自分一人という気がする。背中にじわりと汗が滲んだ。

さっきと同じ小娘が茶と菓子を運んできた。茶が唸るほどに美味い。煎茶に僅かな抹茶を混ぜているらしい。

「美味い茶だな」

先に、信次郎が誉めた。珍しいことだ。

「恐れ入ります」

信次郎は湯飲みから目を上げ、薄く笑う。

「おまえさん、よく、それで商人が勤まるな」

「は？」

「愛想がなさすぎる。こっちが美味い茶だと誉めてんだ。『木暮さまは、お茶がお好きと承りましたので、宇治の玉露と京の上菓子を用意いたしました』ぐれえのことが言えねえようじゃ、商家の主は勤まるめえ」

「はあ……しかし、これは宇治の玉露ではございませんし、菓子もただの饅頭なので……」

「ただの茶を玉露と言い替えるのが、商人の本領ってもんだろう。それとも、なにかい、根っからの商人には、やはりなりきれないか、遠野屋？」

伊佐治は、ほんの少し後ろに身体をずらした。二人のやり取りをじっくり見てやろうという気になっている。どことなく得体の知れぬ男が二人、睨《にら》み合っているのなら、まずは、間を取るのが得策だろう。危ない輩《やから》に、迂闊《うかつ》に近づくことはない。

遠野屋が深く息を吸い込んだ。

「木暮さま」

「なんだ」

「今日の御用は、おりんのことでございますね」

「むろん」

「では、お聞かせくださいませ。なにか新たになりましたことが、ございましたか」

信次郎は、音を立てて茶をすすった。

「おまえさん、どうやって遠野屋の婿に納まった？」

湯飲みを下げた信次郎の口元に、まだ薄い笑いがこびりついている。伊佐治はまた少し、退いた。

「江戸詰じゃなかったようだな。仇持《あだも》ちってわけでもなさそうだ。だとしたら、どういう了見で刀を算盤に持ち替えた？」

「旦那、申し訳ありやせんが」

廊下から声が掛かった。障子が開く。先ほどの櫛職人が控えていた。手短に二言、三言遠野屋と言葉を交わし、深く頷く。障子は、すぐに閉まった。信次郎が問う。

「ここじゃ、奥まで職人が出入りするのか？」

「あれは、うちの抱えの職人でございます。裏に仕事場を用意して家族共々住まわせておりますので」

「そりゃあまた豪儀なこった。見栄え以上に儲かってるのかい、このお店《たな》は？」

行灯がじりりっと音を立てる。火鉢にかかった鉄瓶から湯気が上がる。障子の外、中庭から枯れ枝の擦れる音がした。風が出てきたらしい。遠野屋がもう一度、音もなく息を吸い込む。

「多少の無理をいたしました。無理をしても抱えたい職人でしたので」

「よほどの腕かい」

「腕と矜持《きょうじ》を持っております」

「矜持ねえ……職人にそんなものがいるのか？」

「職人だからこそ、必要だと思いますが」

「武士や商人には矜持はいらねえと、そういうわけか」

伊佐治は、もぞりと身体を動かした。どう贔屓目《ひいきめ》に考えても、信次郎の言は言いがかりだ。相手の言葉尻をつかまえて絡む。いたぶる。伊佐治には、まっとうなやり方とは思えない。信次郎の後ろに控えているのが、どうにも居心地が悪かった。

遠野屋が懐に手を入れた。摑んだ物を信次郎に差し出す。

「職人の矜持は、こういう物を生み出しますゆえ」

伊佐治は、身を乗り出して信次郎の手元をのぞきこんだ。櫛だった。先刻、渡された物らしい。

朱が行灯の光に煌《きらめ》く。暁の空を思わせる朱色の地に金の蒔絵《まきえ》が施されていた。図柄は、梅の枝。八分に開いた金色の花々が薫り立ち鼻腔をくすぐるようだ。

「これは、また見事な」

伊佐治は、さらに身を乗り出してそう言った。世辞ではない。本気で感嘆していた。目が覚めるほど美しい品だ。艶やかな黒髪にさぞや映えるだろう。

「色っぽい女には、似合わねえな」

遠野屋の膝に、信次郎は櫛を投げて返した。

「八分咲きの梅なんざ、小娘にしか似合わねえ。花も女の股も開いてこそ、開かせてこそ楽しめる。よく、覚えときな」

遠野屋は、黙って櫛を懐にしまった。信次郎の左手がするりと動いた。刀を摑み、鞘の先、こじりで遠野屋の膝を軽く押さえる。

「おぬし、人を斬ったことがあるか？」

小僧たちが雨戸を閉める音が聞こえる。風の音がにわかに遠のいた。座敷の四隅に闇が濃くなる。あるかなしかの煙と線香の香が漂う。遠野屋が僅かに動く。身体を後ろにずらしただけなのに、その顔の上を薄闇が覆い、表情が確かに窺えない。

「木暮さまは、よほどご詮議が好きとみえますなあ」

「お役目だからな」

「わたしに対するご詮議が、お役目ですか？　解《げ》しかねます」

遠野屋が膝から鞘を丁重にはらう。口調が微かに急いてくる。

「おりんの初七日の法要も済みました。しかし、あれが入水したことには、どうにも納得がいきません。本当のことが確かめられなければ、おりん自身、成仏できるはずがないのです」

「夜な夜な、お内儀が枕もとに立つかい」

遠野屋が身じろぎする。線香の煙が揺れた。

「木暮さまに、この件を改めるご意志がないならいたしかたありません。わたしどものやり方で調べてみます」

「そうかっかすんな。おまえさんが、あんまり澄ましてるから、ちょっとからかったまでさ。おれたちだって遊んでたわけじゃねえ。あっちこっち、嗅ぎまわってはいたんだぜ。親分、そこらあたりをこの男に教えてやんな」

「へい」

膝を前に進めると、遠野屋の視線がまともにぶつかってきた。目を逸《そ》らすような真似はしない。だてに歳を食っているわけじゃないのだ。腹に力を込め、伊佐治は視線を受け止めた。

「まずは、おかみさんがあの日、どうしていなすったか探ってみやした。産屋明の祝いに行ってない、これは確かなことのようで……」

おりんちゃん？　いいえ、もう何年も会っていませんよ。この子が生まれた時、人づてに祝いの品を届けてくれましたけど。え？　産屋明？　お大尽《だいじん》じゃあるまいし、あたしらみたいな貧乏人が、そんな大層なこと、するもんですか。

乳飲み子を腕に抱え、おちかという建具職人の女房は、そう言ったあと、からからと笑った。おちかの言葉を伝える。薄闇の中で、遠野屋は微動だにしない。声も出さない。線香の香が濃くなる。伊佐治は、軽く洟《はな》をすすって続けた。

「で、祝いに行ってないなら、どうしたか……とりあえずは」

とりあえずは、駕籠だ。亭主に嘘をついてまで出かけた先が、ただの芝居小屋などということは、まず、なかろう。嘘をつかなければならない場所。料理屋風の連れ込み宿。出合茶屋。あるいは、男の家……どちらにしても、女の足で行ける範囲で、おりんが男と密かな逢引をしていたとは思えない。

伊佐治は、深川森下町界隈の駕籠屋を当たってみた。おりんを乗せたという駕籠は見つからなかった。しかし、

「遠野屋さん、鶴七という、駕籠屋をご存知ですね」

「はい、うちでは、駕籠が入用な時、たいてい鶴七さんをお願いします」

「その鶴七の駕籠かきが、あの日、おかみさんを見たと言いましてね」

伊佐治は、そこで言葉を切り、ふいっと一つ、息をついた。遠野屋はやはり、身じろぎしない。話の先を急くことも、焦れる様子も見せなかった。

おれの言うこと、先刻承知ってわけなのか。それとも、あの日のおりんの足取りを知ることなんぞ、ほんとは、小銭の勘定ほどにも気が入らねえってわけか……。

遠野屋に対する疑念と不快感が、胸に突き上げてきた。茶をすする。さっきあれほど美味かったものが、舌に重い渋みだけを残して喉元を過ぎていく。

「御籾倉《おもみぐら》をぬけて新大橋の橋袂あたりで、おかみさんを見かけて声を掛けたそうなんで」

「べつに、変わった様子もなかったとよ」

信次郎が、口を挟んできた。

「頭を下げて、挨拶をして、いつもの遠野屋のおかみさんだったと、その駕籠かきが言ってる。昼四つごろの、こった。昼四つに新大橋あたりで、なじみの駕籠かきに愛想よく頭下げてた女が、木戸が閉まるころには、二ッ目之橋からどぼんだ」

遠野屋は無言のままだ。風の音が微かに聞こえる。乾いた冬の風が雨戸を叩き、枯れ枝を揺らしている。風だとわかっているのに、伊佐治は身を竦《すく》めた。得体の知れない物《もの》の怪《け》が、外を彷徨《さまよ》い、唸っているような気がしたのだ。

「ただそれから後の、おりんの行き先が摑めねえ。おりんを見たってやつが、ただの一人も出てこねえってわけだ」

遠野屋が静かに息を吐いた。

「どこをお探しになったので？」

「なんだと？」

「おりんは、とりたてて目立つ容姿をした女子《おなご》ではありません。人ごみに紛れてしまうと、顔見知りでもない限り、人の覚えになるのは難しいかと存じます。まして……」

「まして、なんだ？」

「おりんが、逢引していると端から決めてかかって、あまりに見当違いの筋を探していらっしゃるのなら、手掛かりなど見つかるわけがございません」

「なんだと、遠野屋。それが、お上の御用をあずかる者への口のきき方か」

「ご無礼を承知で申しあげております。しかし、木暮さま、藪をいくら探っても、魚は採れぬものでございますよ」

「うるせえ。無礼を承知だと、上等じゃねえか。それだけの口をきいて、ただですむと思うなよ」

信次郎が刀を摑む。伊佐治は、腰を浮かせた。

「いいか、遠野屋。江戸の町で、一日、何人の死人が出ると思うんだ。首を括《くく》るやつも井戸に飛び込むやつも賭場で刺し殺されるやつも餅を喉に詰まらせるやつも馬に蹴られるやつも、みんなひっくるめて、え、何人、ほとけになってると思うんでぇ。たかだか、小商人の女房一人、川に飛び込んだぐれえで、騒ぎ立てるほど暇なところじゃねえんだよ」

信次郎の指が鯉口を切る。その滑らかな動きを目に止めて、伊佐治は唾を飲み込んだ。

「わかってるのか？　汐入あたりで見つかった死体なら、そのまんま突き流しても構わねえ。お取調べの用はなしっていわれるほどのものなんだ。その程度のものなんだぜ。上臈《じょうろう》や御台所《みだいどころ》じゃあるめえし、江戸にごまんといるたかだか小商人の女房なんて、死のうが生きようが知ったこっちゃねえ、それをわざわざ、調べてやってんだ」

たかだか小商人と、信次郎は二回続けた。明らかな挑発だった。激昂しているのは言葉の上面《うわつら》だけで、実は計算ずくの挑発をしている。信次郎が冷静なことは、しらりと冷たい目の色や鍔《つば》にかかった指の動きから容易に読み取れた。他人と口論して、いきり立つような短気に熱い性質《たち》ではないのだ。

このお方は、刀を抜きたがってる。

伊佐治は、もう一度、唾を飲み込んだ。

遠野屋に斬りつけたいと思ってるんだ。いや、そんな生易しいものではないだろう。いたぶりたいのだ。試したいのだ。白刃でこの男に斬りかかればどうなるか、自分の身で確かめたいのだ。

さぁ、来な。牙を剝いてみなよ。いつまでも猫を被ってるつもりなら、おれが力ずくで引っぺがしてやるぜ。

信次郎の舌なめずりする音が聞こえそうだ。耳を塞《ふさ》ぎたくなる。

「生意気な口をききやがって、え、遠野屋、どうなんだ」

信次郎が、膝を立てて立ち上がろうとする。遠野屋の右手が己の膝から滑り落ちるように、流れ動き、身体の横にだらりと垂れた。風の音が強くなる。鋭く高くなる。外を吹く風の冷たさが、背筋を走り抜けた。

「旦那、いけねえ」

伊佐治は、ぶつかるようにして信次郎の身体に手を伸ばした。右手を押さえ込む。

「旦那……刀なんぞ、抜いちゃあいけねえ……」

声が震えていた。悪寒がする。なのに、汗が出る。震える声も額の汗も、みっともないとわかっている。しかし、どうしようもなかった。ひどく、恐ろしかった。今、ここで信次郎が刀を抜けば、恐ろしいことになる。その思いに震え、火照《ほて》る。

「伊佐治……おまえ」

信次郎が伊佐治の顔を見つめ、目を瞬かせた。ちっと舌打ちして座り直す。

「そんなに、怖い顔すんなよ、親分。ちょっとカッとしただけさ。丸腰の男に斬りかかるほど、野暮じゃねえよ」

「それなら、ようござんすが」

言いながら、伊佐治は、胸を押さえた。動悸が痛いほど激しい。信次郎が丸腰の遠野屋を斬り殺す。そんなことを恐れたんじゃない。そんなことはどうでも、収まりがつく。そんなことじゃない。じゃあ何が怖かったんだと、自分に問うて、伊佐治は、改めて身震いした。言葉にできないひどく曖昧で模糊とした、しかし鮮烈な恐怖が胸底から湧いてくる。闇の中から、得体の知れない怪《あやし》の物がぐにゅりと現れたような恐怖……馬鹿げている。おれは、風の音に怯えて普段の己《おのれ》がわからなくなってる。歳なんだ。呆け始めてるんだ。もう、おいぼれで、役に立たねえ男に……。

「申し訳ありません」

遠野屋が、両手をついて身を低くした。

「木暮さまのおっしゃる通り、商人の分際で、過ぎた口をきいてしまいました。お許しください」

さらに身を屈《かが》める。ひれ伏す格好になった。行灯の灯りが、無防備に投げ出された首を、背中を、照らし出す。

伊佐治は、軽く頭を振った。さっきまでの肌をざわめかせる恐怖は消えていた。夢から覚めた後のような鈍い痺れの感覚だけが微かに残っている。

「遠野屋さん、どうぞ、お手をお上げになってくだせえ。考えりゃあ、あんたの言う通りだ。端から、決めてかかって探しごとをしてちゃ、的が外れる見込みも大きい。ようがす、もう一度、やり直しやしょう」

「おい、親分……」

本音だった。

信次郎が、眉をしかめる。

「旦那、これは、あっしの手落ちでござんす。あっしのお頭《つむ》が、おりんさんが男と会っていた場所を探すというその一つに、凝り固まっていやした。それで何も出てこねえなら、お頭の中をちっと変えなきゃいけやせん」

一抹の違和感はあった。二年前のおりんの笑顔と亭主に隠れて男との逢瀬を繰り返す女とが、どうしても食い違ってしまう。しかし、そのずれの感覚を深く吟味することより、亭主への虚言や身投げというおりんの現《うつつ》の行為から、世間のどこでもいつでも起こりうる痴話として、この件を片付ける方を選んだ。安易だった。安易に流され、労を惜しんだ。思考せず惰性で動いた。恥ずべきことだ。

そんな簡単なもんじゃねえかもしれねえ。

根拠はない。しかし……伊佐治は、遠野屋の俯いた顔に視線を走らせた。

こういう男が絡んでいる。それが、ただの痴話で済むわけがねえんだ。なぜ、そんなことに思い至らなかった。

自分の内に在る感覚を、今度は信じてみようと思う。

「おまえさん、ほんとに心当たりはねえのか？」

信次郎が、ものうげな調子で尋ねた。

「はい……おりんの様子に、格別、変わったところはございませんでしたし……あの日も、普段通りのおりんでございました」

「遠野屋さん」

伊佐治は、身を乗り出した。

「よおく、考えてみておくんなさい。おかみさんが自分で竪川に身を投げたのは、間違いねえ。それだけの訳があったってこった。思い悩んでいる節はありやせんでしたか？　誰かに、強請《ゆす》られているとか、様子がおかしいなんてことありやせんでしたか？」

「変わりは、ございませんでした。あれが、それほど深い隠しごとをしていたとはどうしても思えません。心に思ったことが、素直に顔に出る女子でございましたから……」

「深くなければ、あったのか？」

唐突に信次郎が割り込んでくる。

「は？」

「それほどでもない隠しごとなら、おまえさんでも気が付かなかったって……そういうことか？」

「それは……」

遠野屋の眼差しが束の間、揺れる。予想もしていなかった問いかけだったらしい。

「人の心にあるものが全てお見通しなんてやつは、いねえよなあ」

珍しく生真面目な口調だった。遠野屋は同意を示すことも異を唱えることもせず、信次郎を見つめていた。

「続けな、親分」

促されて伊佐治は唇を舐める。あれほど茶をすすったのに、喉の奥がひりつくように渇いていた。

「このところ帳場の銭があわないなんてことはございやせんでしたか？」

「ございません」

「おかみさんが、こっそり金子を持ち出したなんてことはないと？」

「売上は、その日のうちにわたしが必ず、帳簿合わせをいたします。金子の出入りに不備があれば、すぐに気が付くはずですが、そういうことは一度もありませんでした」

「えらく、お堅い商いをしてるじゃねえか」

信次郎はそう言った後、大きく口をあけて欠伸をもらした。

「豪儀にもうける商いで攻めるもよし、手堅く営んで護るもよし、どちらにも商いの楽しみはある。どちらをとるかはおまえしだいだと、先代に言い渡されました」

「それで、身代を大きくすることより、けちくさく護る方を選んだのか。男気のねえこったな」

「旦那」

我慢できなくなって、伊佐治は信次郎の袖を強く引いた。

「もういいかげんにしてくださいよ。まるで、酔っ払いの絡み口じゃござんせんか。遠野屋さんの商いのやり方まで、ぐちぐち口を出してどうするんですか。そんなこと旦那には、なんの関わりもねえでしょうが」

「なんだぁ親分、こいつの肩を持つのかよ」

「そんなこと言ってやしませんよ。いつもの旦那らしくないって申し上げてんです。第一、商売のイロハも知らないくせに、偉そうなこと口にしちゃあ、いけませんて」

「ほら、やっぱり、こいつの味方をしてるじゃねえか」

「してませんたら」

くくっ。小さな声が聞こえた。

肩をすぼめて、遠野屋が横を向いている。

え？　笑ったのか？

へぇこの男、笑うのかと伊佐治は目を瞬かせた。

遠野屋が伊佐治の眼居《まなこい》に気づき、口元を引き締める。しかし、目にはまだ、笑みが拭いきれぬまま、残されていた。その目の色が、遠野屋の若さを剝き出しにしている。それは生気を存分に含み、瑞々《みずみず》しく張り詰め、抑えようとしても僅かな隙間から零れ落ちる。線香の香と闇の淀む場所に座りながら、その淀みを笑み一つで払うことができるほどに、若いのだ。

「なにを笑ってやがる」

信次郎が、こちらは目元も口元も強張らせたまま、笑った相手を睨みつける。

「失礼をいたしました。お許しください。ただ、木暮さまのお顔が……」

「おれの顔を見て、笑ったってわけか？　えらく、舐めた真似をしてくれるじゃねえか」

「いえ、そういうことでは……その、お顔が、拗ねた子どものようで、つい」

「なんだと？」

「お二人の遣り取りが、子を窘《たしな》める父親と拗ねた子どものように思えまして」

「冗談じゃねえ」

伊佐治と信次郎の声が重なった。思わず顔を見合わせる。

「こんな、ひねた親父なんか、おれはごめんだぜ」

「あっしだって、絡み癖のある息子なんざ、願い下げですよ」

半ば本気で言う。遠野屋は肩をすくめたが、今度は笑わなかった。膝を滑らせて前に出る。

「木暮さま、この度のことご面倒を掛けるのは重々、承知の上でのお願いにございます。なにとぞ、よしなに」

信次郎の袂に遠野屋の手が、するりと入り込む。

「ふむ」

信次郎は、袖の重さを確かめ、湯飲みに残った茶をすすった。

伊佐治も先刻からの喉の渇きがおさまらない。察したように、遠野屋が急須に湯をそそぐ。酒を饗するまではしないが、邪険に扱いもしない。相手との距離をほどほどに取りながら、そつなくもてなす商人の動きだった。若さと商人としての手管と。

なるほどね、先代の遠野屋は、確かにいい跡取りを手に入れたってわけだ。

美味い茶をすする。しかし、と伊佐治は、茶の美味さを舌の上に転がした。

女房の死に方に納得できねえ亭主が、こうまで滑々《すべすべ》と動けるもんかね。

喪失感や悲しみを抱え込んで、日々を過ごす者は幾らでもいる。子を亡くした次の日から、愛想笑いを浮かべて働かなければならない母親も、亭主を失い途方にくれながら、まずは、明日の糧《かて》を得ることに追われる寡婦もいるのだ。そういう人間を数え切れないほど見てきた。いつまでも死に拘っていられるほど余裕のある者は、江戸にはそう多くはいない。嘆く前に、食わねばならない。食わせねばならない。それが生活というものだ。江戸の片すみに生きて蠢《うごめ》く者たちは、誰もが知っている。

これが、生きるってことさ。他にはなにもありはしない。

飲んで忘れるか、忘れたふりをして諦めるか、いっそ自分の命を絶つか、それだけしかないのだ。しかし、人は薄皮のようなものだ。抱え込んだ情念に皮を被せて、かろうじて隠しているにすぎない。ひょいとしたはずみに、皮が破れて生《き》の姿が浮かぶ。皮を通して抱え持った情の形が浮かび上がる。大口を開けて笑う酌婦の目の隅に、暗い殺意が覗いたり、大店の主人の初老の顔に無念の表情が過ったりする。そういうとき、人は、ひどく鈍重な動きになるものだ。瞬時であったり、かなりの時間であったり、様々だけれど、身の内の抑えた情の重さに耐えかねた時、人の動きは、鈍くなる。心も身体も重く沈む。その鈍さが、遠野屋にはない。若さのせいではあるまい。恋女房に死なれたという現実は、この男に傷も重石《おもし》も付けなかったのだろうか。

ぶつけてみるか。

伊佐治は、湯飲みから顔を上げた。

遠野屋さん、あんた、おかみさんの亡くなったこと、心底辛いと思ってるんですかい。

「遠野屋さん、あんた」

悲鳴が上がった。女の悲鳴が、枯れた風の音を裂いて、響いた。

第四章　酷の月

信次郎と遠野屋が同時に動く。続くのがほんの少し遅れた。

伊佐治が部屋を飛び出た時、二人の背は曲がり廊下の角に消えようとしていた。悲鳴は、奥から途切れながら伝わってくる。

中庭を囲むように延びた廊下の端に若い女中が四つん這いになっている。障子が開け放たれ、行灯の灯りが漏れていた。顔を覆ったまま、甲高い悲鳴を上げ続ける女を飛び越えるようにして、遠野屋が障子の内に走り込む。

人がぶら下がっていた。鴇《とき》色の紐の先に女の身体が揺れている。

「遠野屋！」

信次郎が叫んだ。鞘を持って、柄を向ける。遠野屋の指が柄を握った。同時に、刀身が鈍く煌く。信次郎は両手を広げ、落ちてくる女の身体をがちりと受けとめた。僅か半歩のよろめきもなかった。伊佐治は廊下に立ったまま、二人の動きに目を見張る。

見事な。

一瞬の躊躇も遅滞もない。瞬く間の出来事だった。

「源庵《げんあん》先生を早く」

遠野屋の叫びに、伊佐治の後ろで誰かが答えた。数人の足音が慌しく響く。若い女中のすすり泣きが混じる。

「おかみさんが、おかみさんが……」

女は先代の女房、おりんの母親、おしのだった。

「口の中のものを掻き出せ。息が通るよう、喉の奥を広げるんだ」

遠野屋の背にそう命じてから、信次郎は放り捨てられた刀身を拾い上げた。ゆるゆるとした動作で鞘に納める。

「おっかさん、なんで、こんなことを」

遠野屋の指がおしのの口を探る。どろりと暗褐色の液が零れた。黒にも見紛う濃紺の小紋を纏った身体が痙攣《けいれん》する。吐瀉物と失禁の異臭が鼻をつく。下ろしたてなのか、おしのの足袋裡《びうら》は目に沁みるような白さだった。この凄惨な場面での純白は、人の目を射て、痛みさえ与える。

女ってなあ、こんな時にも、着る物、履く物のことをあれこれ考えるもんなのか。

伊佐治は目頭《めがしら》を押さえ、埒もないことを考えてしまった。

チッ。信次郎が舌打ちする。遠野屋の肩を乱暴に押し退ける。

「どきな。なにをもたもたしてんだよ。そんなことじゃ、犬の子一匹、助けられねえよ」

信次郎は腰の大小を抜き取ると、無造作に放った。おしのの頭を後ろに反《そ》らせると、自分の口をおしのの口に被せる。それから、ゆっくりと息を吹き込んだ。口を離し、息を吸い込み、もう一度、吹き込む。二度、三度、四度……。

「ぼんやりしてんじゃねえ!」

額に浮かんだ汗も拭かず、遠野屋を怒鳴りつける。

「呼ぶんだよ。耳元で名前を呼ぶんだ。呼び戻すんだ。そんなこともわかんねえのか。ばかやろう」

「あっ、はい」

遠野屋は、身を低くし、おしのの耳元に呼びかけた。

「おっかさん、おっかさん」

信次郎が息を吹き込み、遠野屋が呼ぶ。どちらのこめかみからも、汗がしとどに流れ落ちる。時が止まったように、伊佐治には感じられた。目の前の光景が永遠に続くような……おしのが呻《うめ》いた。人のものとはとても思えないけれど、確かに声を発した。

信次郎が荒い息のまま、頷いた。

「よしっ」

「息が戻った。後は、知らねえ」

おしのの手がなにかを求めるように上がり、指先が揺らめく。

「おっかさん、聞こえるかい？　なんで、こんなことを」

半ば閉じられた瞼の下から血の網を被せたような目がのぞく。目尻から、透明な液が一筋、こぼれた。

「おっかさん、すぐ、源庵先生が、うっ」

遠野屋が顔を歪めた。義母の指が、二の腕に食い込んでいる。

娘婿の腕を摑んで、おしのの頭が徐々に持ち上がる。瞼がゆっくりと開く。般若にも似た紅《くれない》の目。伊佐治は、身震いして視線を逸らせた。

「わたしが……」

かろうじて人の声と聞きとれる掠れた音が漏れる。

「ころした……」

続いてヒッと小さな悲鳴が上がる。持ち上げた頭を後ろに仰《の》け反らせて、おしのは目を閉じた。

外は雪だった。白い雪は道の上に落ちても溶けず、風に攫《さら》われて、再び舞い上がる。さらさらと硬く冷たい冬の雪だった。暮れてしまった雪の道に、人影はほとんどない。音もない。犬の遠吠えだけが時折、闇にこだました。

「ご迷惑をお掛けいたしました」

信次郎と伊佐治の背に、遠野屋が深々と頭を下げた。伊佐治も同じように辞儀をする。

「早く気が付かれると、よござんすがね」

おしのの意識は再び途切れ、今も戻っていない。声を限りに呼んでも、揺すっても無駄だった。かろうじて自力で呼吸をしているだけだ。駆けつけた医師、源庵は診たての後、首を横に振った。

「先生、まさか、義母《はは》は……」

詰めよる遠野屋に向かって、同じ仕草を繰り返す。医師らしい柔和な目つきをした男だったけれど、その目を遠野屋から逸らしたまま、ため息をつく。気の毒で、まともに顔を見られない。そんな所作だった。

「先生……」

「遠野屋さん、先のことはなんとも申し上げようがない……。助かるかもしれません。しかし、お覚悟だけは、しておいていただく方が……」

遠野屋が息を呑む。女中がひとり取り乱し、泣き喚いた。しかし、騒動はその程度で治まり、動揺は長く続かなかった。奉公人たちは、一様に驚き慌てはしたものの、何時までも狼狽することはなかった。おしのが死にでもしない限り、明日も明後日も遠野屋の商いは普段通りに行われ、滞《とどこお》ることはないだろう。万が一、亡くなったとしても、おりんの死と同様に、難なく超えていくのではないか。それほどの膂力《りょりょく》が、小ぶりだけれど強靭な骨格が、この店の商いにはある。確かにある。

ちっとやそっとでは、揺るがねえってことか……。

伊佐治は、白い息を吐いた。

「遠野屋」

信次郎が振り向く。軒行灯に照らされた遠野屋の半身を眼で無遠慮に撫でる。

「この件、黙っておいてやる」

信次郎の息も白い。白い息は、風に掬《すく》われて散り、瞬く間に闇に溶けていく。

「見なかったことにしてやる。どこにも届けることたぁないぜ」

「ありがとうございます」

「あの藪医者やらおしゃべりな女中から、漏れないようにしとくんだな。まっ、やり手の商人のこった、ぬかりはねえだろうがな」

「木暮さま」

「なんだよ」

「なんと御礼、申し上げてよいか……木暮さまがおいでにならなければ、義母は、あのまま……」

「おまえさんに本気で礼を言われるたぁ、おれも、なかなかの果報者だ。今夜は眠れねえかもしれねえな」

「木暮さまと親分さんには改めまして、御礼とご迷惑のお詫びをさせていただきます」

「当たり前だ」

信次郎は、袖を軽く振ってみせた。

「今度は、こんなもんじゃすまねえぜ」

「重々、承知しております」

「表にはしねえ。しかし、ちっとばかり事情は聞かせてもらう。そこも承知しときな」

「ご存分に」

信次郎が目を細めた。声が重く低くなる。

「遠野屋」

「はい」

「あの太刀筋はなんだ？」

問われた相手は無言だった。僅かに目を伏せて、黙《もく》している。

「おぬし、おれと真剣でやったら、斬り捨てる自信があるか？」

雪が二人の男の間を音もなく、痛いほど冷たい風と共に降り続く。

ふいに、信次郎が笑い出した。紛いではなく本物の、愉快で堪らないという笑いだった。

「答えるわけねえか。まぁいい。しかし、覚えときな。おまえはおれに借りを一つ、作った」

「一つどころではございますまい。いつか必ずお返しいたします」

「確かか」

「命に代えましても」

「へへっ、可愛いことを言うじゃあねえか。まさか騙《かた》りじゃ、あるめえな」

「木暮さまを騙れるなど、思うてもおりません」

「よかろう。その口から出たこと、一言たりとも忘れるな」

「むろん」

「じゃあな。また美味い茶をごちそうになりに寄るぜ」

「お待ち申しております」

背を向けて、信次郎が足早に歩き出す。その後を伊佐治は、あわてて追った。

曲がり角で立ち止まり振り向くと、遠野屋はまだ、店の前に立っていた。振り向いた伊佐治に頭を下げる。その身体の上に細かな雪片が無数に舞い落ちていた。漆黒の夜の中で、軒行灯に照らされたそこだけが、淡く浮かび上がり、雪に閉ざされていく。現とはかけ離れた、妖かしの絵のようだ。

「旦那」

提灯を翳し、着流し巻羽織の後ろ姿を照らしてみる。

「お見事でございやした」

「何が？」

「おしのへの手当て、見事なお手際で」

ケッと、信次郎は肩を揺すり、唾を吐き捨てた。

「どこで、あんな技を習ったんで？」

「吉田って、じいさんに教わった」

「吉田さま……ああ吉田敬之助さま。右衛門さまと、たいそう仲の良かったお方でやしたね」

「そうさ。神伝主馬流泳法《しんでんしゅめ》の達人でな、昔、おれに、溺れた者を生き返らせる極意とやらを教えてくれた」

「へぇ、それがまた、こんなところで役に立つなんざ、吉田さまが聞かれたら、お喜びになりますよ」

「さっき、遠野屋に言ったろ。表にはしねえって」

信次郎はもう一度、唾を吐き捨て、顔をしかめた。

「まったく、若え娘ならまだしも、とうの立ったばあさん相手じゃ、口を吸うのも骨折りだぜ」

「口を吸ったんじゃなくて、息を吹き込んだんでしょうが」

「ふふん、まぁいい。あの男に貸しを作った。我ながら、上手《うま》いことやったもんだ」

薄笑いを浮かべているのか、なにか思案しているのか、背後からでは窺い知れない。伊佐治は懐に手を入れ、白い息を吐き出した。

別れ際に信次郎は、袂の金子を全部、伊佐治に手渡した。

「こんなに……旦那、ちょっと、多すぎます」

「とっときな。親分には、いろいろと世話になるからよ。それに、おれはいいんだ。遠野屋から、口止め料が入るしな」

「遠野屋から金子をせしめる気でござんすか」

「まあな」

伊佐治は、かぶりを振った。

「そんな気は、ねえんでしょ、旦那」

信次郎は、聞こえないふりをして肩の雪を払っている。道の端は、もう真っ白だ。今夜は、しんしんと冷え込み、江戸の町をどこも凍てつかせて朝が来るのだろう。

「旦那が金にきれいなお方とは言いやせんが、今度の件で、金に拘ってるようには見えやせんよ」

「じゃ、どんなふうに見える？　尾上町の親分さんにはよ」

「あっしには……旦那が楽しんでるように見えやす」

信次郎の唇が薄くめくれる。

「おりんの死んだわけなぞ、どうでもいい。ちらちらと遠野屋の前に餌をちらつかして、楽しんでると、そんなふうに」

「見えるか」

「見えやす」

身体が冷える。風が吹くたび、雪が舞うたび、熱が奪われて身体が芯から冷えていく感覚に、伊佐治は震えた。

「親分、早く帰んな。身体に障るぜ」

じゃあなと信次郎が横を通り過ぎていく。その背に旦那と呼びかけていた。我知らず声がうわずる。

「あっしは、なんていうか、気の収まりがつかねえんで」

信次郎が立ち止まる。遠野屋の持たせてくれた提灯が風に揺れ、ぼんやりとした灯りが揺れる。

「変なんですよ。仮に、おりんが殺されたとして、その下手人をお縄にしたとしやす」

「ああ」

「それで、一件落着、ようござんしたねと終われる気が、どうにもしねえんで……」

下唇を噛む。なにを言いたいのか、自分の中の混乱をうまく言葉に乗せることができない。

「おれは、退屈してたんだ」

吹きつける風に乗って、信次郎の呟きが聞こえた。風の向きが逆なら聞き取れなかったかもしれない。

「親父のように生きて、死んでいくのかと思うと退屈で堪らなかったんだよ」

「右衛門さまは」

りっぱなお方でしたと続ける言葉を呑み込む。泥と雪の中に横たわった父親の死骸を見つけた時、信次郎は、まだ十代半ばの若さだったのだ。若者がたった一人の肉親の死を涙一つ零さず、風にそよぐ木の葉ほども取り乱すことなく見送った。さすが武士の子と称《たた》える者は大勢いたし、伊佐治も強いお方だと感嘆したのだけれど、あの時、信次郎は、的外れな大人の称賛や感嘆とは遠くかけ離れたもの、伊佐治には想い至らないなにかを、心に刻んだのかもしれない。

「遠野屋のような、ああいう男といると、退屈しなくてすむじゃねえか、親分」

「へえ……」

「あれは、おれの獲物だ。おもしれえ狩《かり》ができるかもしれねえ」

「旦那……」

「じゃあな。冷えねえよう気をつけな」

信次郎が、橋を渡って遠ざかっていく。背中に魑魅魍魎《ちみもうりょう》を背負いながら、闇に溶け込んでいくようで、伊佐治は思わず、後ずさっていた。そのまま、おふじたちのいる家へと足を速める。おふじの肌が無性に恋しかった。二十年以上連れそった古女房の人肌の温かさや息遣いの中で、眠りたかった。帰れば、飯と酒が待っている。大根の煮つけと火に炙った油揚げだけが、酒の肴かもしれない。それでいい。それで充分だ。当たり前の人間の暮らしに戻りたい。

身体に手を伸ばした時、おふじは、まっと小さく声を上げた。

「おまえさん、いったい、どうしたのさ……」

その口を口で塞ぎ、乳房を揉む。若い頃のように手に応える弾力はないが、しなだれかかる重さと熱さが、ひどく快かった。

おふじが、しなやかに身体を仰け反らせる。女の肉が、伊佐治を柔らかく包み込む。身を焦がす性急な快楽は褪《あ》せても、緩やかな生身の交わりが生まれている。

女と睦《むつ》んで、子を作って、生きて、働いて、寒い夜に、閨でお互いの暖かさに気を許して……それが、まっとうな暮らしってもんだろう。

雪の気配と闇の中で伊佐治は女房の髪の匂いを深く、吸い込んだ。

雪の朝だった。一晩のうちに降り積もった雪は半ば凍り、明け始めたばかりのまだ薄暗い朝の中に、しらじらと浮いていた。

本所亀沢町《かめざわちょう》の裏店に住む指物師の政次《まさじ》は、常盤町にある仕事場めざして足早に歩いていた。早出してやらなければならない仕事が、二つ三つあった。ありがたいことだと思う。仕事があるということは、ありがたい。三年前、突然腰が痛み、鍼《はり》も薬も効かず、どうにも座職ができなくなった時期がある。幸にも痛みは治まり、親方の温情もあって、また指物師に戻ることはできたけれど、あの時の心細さは身に沁みた。職を失う辛さに比べれば、冬の道を歩く寒さなど、どれほどのものでもない。今、手に掛けている箪笥は、大店からの注文だった。娘の嫁入り道具にと、政次を名指しての注文だ。

ありがたいことだ、ありがたい……通いの御礼奉公も後一年で終わる。あとひとがんばりすれば、独り立ちできる。ありがたいことだ。おれは、恵まれている。

二ッ目之橋を渡り終えたとたん、大きなくしゃみが一つ出た。やはり寒い。野良らしい数匹の犬が、くしゃみの音に一斉に政次を見た。枯れた草と雪に足を埋めるようにして犬は、群れていた。どれも痩せて、陰湿な目をしている。見ていると苛立ってくるような目だ。政次は、足元の小石を拾い上げた。とたん、犬たちが散る。石を投げつけられることに慣れきった動作で、唸り声一つなくさっさと消えていく。

政次は苦笑して、手の中の石を犬たちが群れていたあたりに放った。

なにかが見えた。石の落ちたあたり、まだらの雪と枯草の間からなにかがのぞいている。白い棒に黒布が巻きついているように見えた。違和感がある。通い慣れたこの道の見慣れた景色の中に在っていいものじゃない。

近づくな、近づくな。関わりあうな。知らぬ顔をして行き過ぎろ。頭の隅で、そんな声がする。警告の声。しかし、足が勝手に前に出る。なにかを見つめようと視線が草原に集中してしまう。

「ひっ」

政次は悲鳴を上げて、飛び退《すさ》った。その拍子に凍った雪に足を滑らせ、しりもちをつく。痛みなど感じない。頭の半分が痺れ、痛みを感じることも、動くこともできない。

「おいっ、どうした」

後ろから声がした。これも早出の職人らしい半纏《はんてん》に股引《ももひき》姿の若い男が立っている。政次は、その男の半纏にすがりついた。

「人が……人が、死んでる」

「一太刀か」

信次郎は呟いた。さっきから、同じ事を繰り返し呟いている。その度に、

「たいしたもんで」

伊佐治も同じ受け答えをしていた。

稲垣屋惣助の遺体は、ほんの四半刻ほど前に引き取られた。身体に残された傷は、肩から脇腹までただ一太刀だけだった。それで充分だろう。惣助は、なにが起こったかわからぬまま、射干玉《ぬばたま》の暗闇に吸い込まれていった。苦痛さえほとんどなかったはずだ。

「旦那、これは、どういうことになるんで？」

「尾上町の親分らしくもねえ。おれが、この件はこうで、下手人《やにん》は誰でと、ぺらぺらしゃべれるほど物知りと思うか。わからねえよ。なんで、稲垣屋が殺られるんだ」

「お武家の仕業でござんすね」

「なんでだ？」

「指物師や大工に、ここまで見事に人を殺める刀が使えますかね」

「まずは無理だろうな……小間物屋なら、わからんが」

「旦那、遠野屋がやったと目星をつけていなさるんで」

信次郎が伊佐治の顔をちらりと一瞥する。

「なんのために遠野屋が稲垣屋を殺らなきゃならねえんだ。女房を殺したのが稲垣屋だと思い詰めての仕業か？」

「いや……」

伊佐治は首を振った。昨夜の遠野屋は思い詰めてなどいなかった。そんな様子は、微塵《みじん》もなかった。それに……。

「思い詰めて丸腰の商人をばっさり殺ってしまうような、間抜けじゃあるめえ」

伊佐治の心の内にあることを、信次郎が言葉にする。仰せの通りでと、頷くしかなかった。

「親分、おりんはともかく、稲垣屋はれっきとした殺しだ。親分の畑で、商人が一人、斬って捨てられた。ほうっちゃおけまい」

「手下《てか》を増やしやす。まずは昨夜の稲垣屋の様子、動きを調べてみやす。それから」

書役が、茶をすすめてくれる。湯飲みを手に取った信次郎の視線は、なぜかぼんやりと遠くに向けられていた。

「それから、遠野屋の昨夜の動きもきっちり調べやす」

「頼む。しかし、焦るなよ。釈迦に説法かもしれんがな、親分、おりんのことと稲垣屋のことを端から結んで考えるな。もしかして、頭のおかしいお殿さまの試し斬りなんてこともないとはいえねえ」

「へい」

「血の固まり具合、身体の強張り、雪の積もり方……稲垣屋が斬られたのは、たぶん、木戸の閉まるころだろう。そんな刻に、稲垣屋はなんでうろうろしていた。馴染みの女が忘れられなかったか……誰かに呼び出されたのか……表にお店《たな》を構える商人が、昨夜みてえな夜にうろつくとなると、それなりの理由ってもんがいる」

「まったくで」

その通りだ。理由がいる。稲垣屋は、まっとうな商人だった。女遊びをすることも、小さな嘘をつくことも、商いで多少胡散臭《うさんくさ》い駆け引きをすることもあったろう。しかし、どれも大きく道を外れることはない。自分の良心とか人の世の規範の埒外に出ることはないのだ。

そして、そういう人間は、理由もなく凍てつく闇の中を動いたりしない。だから、稲垣屋の理由を探り出さなければいけない。それが、自分の仕事だった。

「親分は、なにをしていた？」

「へ？」

「昨夜、なにをしていたって聞いたんだよ」

「旦那……あっしにお取調べですかい」

「まさか。ちょいと尋ねてみただけだよ。しんしんと冷え込む夜に、まっとうな人間はなにをしているもんなのか……まっ、岡っ引が、まっとうと言えるかどうかはちょいと怪しいもんだがな」

女房の上に跨《またが》ってましたよ。正直、そう答えたら信次郎がどんな顔をするのか見たい気もしたが、おかしくもなさそうに冷笑を浮かべるだけだろうと思い至り、伊佐治は、黙って一口、茶をすすった。

「稲垣屋は、あっしより上背がありやす。その男を一太刀で斬り下げるなんて芸当ができるなら、岡っ引なんてやってませんよ。できるとしたら、稲垣屋より背の高い、刀を使い慣れた男」

「女かもしれねえ」

「女？　まさか」

知らせを聞いて伊佐治が駆けつけた時、稲垣屋の亡骸《なきがら》は筵をかぶって凍てついた路上に横たわっていた。信次郎が現れたのは、寒さにも、仕事始めの時刻にも構わずに集まってくる野次馬を追い払っていた時だった。その傷を一目見て信次郎も、伊佐治と同様に低く唸った。骨を断つほどの深い傷は、なんの迷いもない一線を描いていたのだ。

女じゃねえ。女なら刺す。あれは男の仕事だ。人を殺すことに慣れた、背の高い男。

「旦那は、なにをしてらしたんで？」

ぽろりと尋ね言葉が漏れた。

「おれが、昨夜、なにをしてたかって？」

口が過ぎたと伊佐治は、すぐに後悔した。つい、わきまえる垣を越えてしまった。謝ろうと湯飲みを置いた時、信次郎が、

「女に跨っていたかなあ」

と、ぼそりと言った。言った後、へへっと下卑《げび》た笑い声を上げる。

「冗談だよ。そんな顔しなさんな、親分さん」

「冗談ですかい。あっしは、また、旦那がおしばさんでも押し倒したのかと思いやした」

おしばというのは、木暮の家に何十年も奉公している老女だった。口がきけないのかと勘ぐられるぐらい無口で、愛想がない。もう一人、小者の喜助がいる。本来は、御用箱を背負い信次郎に従う役目だが、主が勝手な一人歩きを好むので、たいてい組屋敷の清掃、修繕に汗を流している。植木職人にしてもいいような腕があり、おかげで庭は、ささやかなりにこざっぱりとして季節ごとに美しかった。妻子のいない木暮の家には、信次郎をふくめて三人が住む。

「おしばって……背中が寒くなるような冗談、言うんじゃねえよ」

「旦那のほうこそ」

ちらりと目を見合わせて二人ともになぜかにんまりと笑っていた。

笑ってから、伊佐治は居住まいを正した。笑っている場合ではなかった。稲垣屋の無残な姿を思い起こす。信次郎も真顔に戻り、伊佐治の方に身体を向けた。

「なあ親分、稲垣屋の顔、どう見た？」

「へぇ、あっしもそれが引っ掛かってました。あれは……」

一晩、厳寒の中に放っておかれた稲垣屋の顔には、生き人でなくなったおぞましさがあった。しかし、その顔にこの世で最後の表情は、くっきり残されていたのだ。丸く目を見開き、やはり丸く口を開けた顔は、張子の犬を思わせてどこか愛嬌さえあったような。

苦痛、恐怖、怨念、稀に安堵、そして諦念。伊佐治の見慣れた死人の表情とは違う。明らかに異質ななにか、なんだろう、あれは……伊佐治は顎を引いて、信次郎に向き合った。

「なにかにびっくりした。そんな顔でしたね」

「ふむ。おれにもそう見えた。ただ、幽霊を見た顔じゃねえ。それに、辻斬りに襲われたって顔でもねえよな」

「へぇ、頭のおかしい殿様の試し斬りって筋は、薄いようで」

こと切れる直前、その一瞬に、人は案外多くのものを見て、感じるのかもしれないと思う。覚悟していた長患いの病人ならともかく、ふいに、命を毟《むし》り取られた人間は、案外多くのものを身体に残していこうと足掻《あが》く。そんな気がする。しかし、稲垣屋惣助の顔には、心底驚いた、そんな表情が張り付いていただけだった。恐怖も無念も感じる暇がなかったのだろうか。

「稲垣屋は、真正面から斬り殺されていた。と、いうことは、相手と一瞬でもちゃんと向かい合っていたってことだな」

「後ろから声を掛けられ、振り向きざまにばっさりって傷じゃござんせんね。あれは」

「違うな。そういう切先の入り方じゃねえ」

伊佐治は、立ち上がり袷《あわせ》のえりをしごいた。腹に力を入れる。予感がした。これから手掛ける仕事が今までのどの仕事より、得体の知れない不気味なものになるという予感。

「これから、石原町に行ってめえりやす。緑町の女のところには、源蔵をやってます。稲垣屋が女のところに行ったとは思えませんが、念のため。それと新吉に昨夜、なにか見たか聞いたかした者がいないか、このあたりを探らせます」

新吉というのは、伊佐治の使っている下っ引きで普段は、猪牙船《ちょきぶね》の船頭を生業《なりわい》としていた。川筋は己の庭のようなものだ。頭の回りも速い。伊佐治は、身体の奥でなにかがむくりと動くのを感じた。

おまえさんに染み付いた岡っ引根性さと、おふじなら笑うだろうが、それは闇の底に隠れて姿の定まらない下手人を白日の下に引っ張り出したいという欲望だった。闘志でもある。

野郎、このままじゃすまさねえぜ。おれの畑で人を殺めて、のうのうと道を歩けると思うなよ。

「七つに森下町の南番で会おう」

信次郎が短く命じた。

突然に主を失い大騒動になっているだろうとの伊佐治の予想に反し、稲垣屋はひっそりと静かだった。

座敷に通されて、しばらく待たされた。女房のおつなは、亭主の変わり果てた姿に衝撃を受けただろう。寝込んでいるかもしれない。それなら、店の者に聞き込まなければならない。昨日、惣助がどう動いたか。その端なりと摑まなければならなかった。早いほどいい。時が経てば経つほど、人の記憶は曖昧になり混ざりものが多くなる。質が悪くなるのだ。

廊下に足音がした。おつなが入ってくる。伊佐治は目を見張った。おつなの髪は、半分以上白く変わっている。身体もしぼんだようで、ひどく老け込んでいた。その老けようが傷《いた》ましくて、伊佐治は頭を下げ、悔やみの言葉を口にした。おつなは丁重に応じたが、どこかぼやけた力のこもらない口調だった。

「おかみさん、葬儀もまだだってのに申し訳ねえですが、稲垣屋さんの昨日の様子、聞かしちゃもらえませんか」

「はい……でも、様子と言われても……あの人、どこといって変わったところは、なかったですし……店を閉める頃になって、今夜は急な用事ができたから出掛けるって……そう言って」

亭主の最後の生き姿を思い出したのか、おつなの声が詰まる。

「その用事がなんなのか、思い当たるふしはござんせんかね」

おつなは俯いたまま、首を傾げた。

「用事があるなんてなにも聞いていなかったので、びっくりしてなんの用事かって尋ねたら……」

「尋ねたら？」

「下駄のことだと」

「下駄？　稲垣屋さんがそう言いなさったんで」

「はい」

「下駄は、こちらの商売道具のこと……それだけ言われても、合点がいきませんね」

「わたしもそう思って……でも、あの人、大丈夫おまえが心配するようなことじゃないと笑っただけでなにも……」

「心配するようなことじゃない……ふーむ、で、その後も稲垣屋さんの様子は？」

「普段と、変わりませんでした。そう見えました」

おつなが深く息を吐く。

「おかみさん、もう一つお聞きしやす」

「はい」

「昨夜、木戸が閉まってもご亭主は帰ってこなかった。それこそ心配だったでしょう。番屋に届けようとは思わなかったんですかい」

おつなの肩がぴくりと震えた。

「朝まで待って、それで帰ってこなかったら心当たりの場所に人をやるつもりでした。番屋にも……」

肩の震えが腕に伝わり、膝の上で、握り締められたこぶしが震えた。そのこぶしの上に、ぽたりと雫が落ちる。涙ではなかった。

おつなのこめかみから頰を伝い汗が落ちる。

「女だと思ったんです」

「女……緑町の？」

「あの女のところに行ったんだと思って……女のところから帰りたくなくて……いっしょに過ごしているんだと……」

「おかみさん、そりゃあ了見違えだ。稲垣屋さんは、緑町とはきれいに切れてますぜ」

源蔵の知らせを聞いたばかりだった。稲垣屋は、あの夜以来、一度も緑町に足を向けていない。もともと、遊びだったのだ。家内には、おつながいる。そこに波風を立ててまで女にのめり込む気持ちは、惣助にはなかった。おまきという酌取り女もそんなことなど百も承知だった。稲垣屋が死んだと聞かされて、おまきは、まぁと絶句し涙を零した。旦那はいい人でした。わたしのような女にも情をかけてくれましたよ。そう言って涙を拭いたそうだ。しかし、涙を拭いたその指で、源蔵の袖を引っ張って、誘った。

いやだよ、あたし、ひどい顔してるだろ。なにせ起きぬけなもんだから。ねえ、今夜遊びに来ておくれよ。化粧したきれいなところ、あんたに見てもらいたいもの。

したたかな女狐ですが、嘘はついちゃあいねえようです。稲垣屋とは、きれいさっぱり切れてます。息を弾ませて源蔵は、告げた。おまきから移された白粉の匂いをさせていた。

おつなが呻く。

「信じられなかったんです。あの人のこと……女のところだって……それしか考えられなくて……悔しくて、悔しくて……死んだなんて、殺されたなんて思いもしませんでした。心配なんてしませんでしたよ、親分……」

おつなの内で抑制の糸が切れた。声をあげて泣き伏す。今までせき止められていたものが、溢れ出たようだ。襷がけの女が飛んできた。おつなを抱きかかえるようにして出て行く。出て行く時、険しい目で伊佐治を一睨みした。目付きに負けるようでは、岡っ引は勤まらない。

伊佐治は、その女に番頭を呼んでくれるように頼んだ。

目付きのわりに素直だったのか、庄平《しょうへい》という四十がらみの番頭は、すぐやってきた。でっぷりと肥えた男で鼻が悪いのか、口を半開きにして忙《せわ》しい息をついている。

「わたしは、通いでございますし、風邪気味で身体の調子が悪かったので、昨夜は六つごろには退《ひ》かしていただきました。旦那さまのご様子？　はぁ、べつに変わったところはなにも気が付きませんでしたけれど」

番頭は、ぼそぼそと聞き取りにくい話し方をした。

「通いというと、どちらからで？」

「同じ石原町の聖徳店ですが、それがなにか？」

「いやいや、細かいとこまで突っ込むのが、あっしらの習い性なんで。それより、奉公人の中になにか気が付いた者は、いませんかね」

「はて」

一応考えるふりはしたけれど、番頭の気乗りが薄いのは容易に見て取れた。

「いや、番頭さんにお手間は取らせませんや。あっしが、少し聞いてみますよ」

「はぁ……なにしろ突然のことで、店の者みんな動転しておりますから、ちゃんと答えられるかどうか心許ないですが」

身体つきに似合わず素早い動作で番頭は立ち上がり、ご案内しますと先に立って歩きだした。

「番頭さん、立ち入ったことを聞きますがね、稲垣屋さんの商いの方はいかがなんで？」

肥えた広い背中が止まる。

「ごく普通の商いでございました。このご時世でございますから、大儲けというわけにはまいりませんでしたが、まずまずの商いをしておりましたよ」

おや？　と伊佐治は思った。番頭の物言いが、稲垣屋の商いをすでに過去のものとしているように聞こえたのだ。主を失った店を何とか守り立てようとする気概も先のことを憂う心根も読み取れない。

なるほど、沈みそうな船に、いち早く見切りをつけようってわけか。自分の店が持てるだけの小金でも貯めているのかもしれない。

「昨夜の稲垣屋さんの行き先に、なにか心当たりはありやせんか？」

「ありませんね。そういうことなら手代の松吉《まつきち》の方が、お話ができると思います」

松吉は、小柄ながらかちりと締まった体軀の若者で、商人というより腕の良い職人のように見えた。目が真っ赤だった。少なくともこの男は、主《あるじ》の死を悼んでいる。伊佐治は手代の前に片膝をついた。幾分沈んだ口調ではあったけれど、松吉はきびきびと明確な気持ちの良い受け答えをした。

はい、旦那さまのご様子になにも変わったところはありませんでした。悩んでいるご様子などなかったです。

「誰かに脅されてるって、そんな風はなかったかい？」

それは伊佐治の頭にふっと湧いた疑念だった。稲垣屋が歩いただろう竪川までの闇の道の暗さと恐喝という犯罪の禍々しさと、似合ってはいないだろうか。

しかし、松吉は、躊躇いもなく頭を横に振った。

「脅されているなんて、そんなことあるわけないです。旦那さまは、冗談やおもしろい話が好きで、しょっちゅう笑っておいででした。昨日も、『浮世人情見立評判』の番付を見て、笑っておられました。脅されていたなんて……もし、そんなことがあったら」

そこで言葉を切って、松吉はちらりと番頭に目をやった。番頭は、下女らしい若い女になにかを言いつけていた。こちらに背を向けている。松吉の声が潜められる。

「旦那さまは、どちらかというと気持ちがお顔に出る性質《たち》でございました。誰かに脅されていたとしたら、とても隠し通すことはできなかったと」

唐突に、松吉が口をつぐむ。首を傾げ、うむっと小さく唸った。なにかを思い出そうとするように眉が寄る。

引きがきたかと、伊佐治は手を軽く握りしめた。稲垣屋の若い手代の前に吊るした糸に僅かながら感触があった。慌てて引っ張ってはいけない。ほんの二言三言交わしただけだが、松吉が頭の良い、目先のきく男だとわかった。主に対し奉公人としての恩を感じ誠実に勤めていた半面、その弱点や短所もちゃんと見抜いていた。

なかなかのものだ。だとしたら、焦ってはいけない。松吉という上等の手蔓《てづる》をゆっくりと手繰り寄せる。

「困ったな」

松吉が呟いた。

「え？」

「いや、昨日、旦那さまが帳場でそうおっしゃっていたのを」

「聞いたのかい？」

「はい。旦那さまには独り言を言う癖がありまして、昨日も帳簿を膝の上に置いて、困ったなと……その後、まぁなんとかなるかとも、おっしゃいました」

「困ったな。まぁなんとかなるか。そう言ったわけか」

「はい。ただ、脅しとかそういうことではないと思います。すぐに、帳簿をのぞいて商いのことを口にされましたので」

「うーん。脅しというほどのものじゃねえ。しかし、まぁなんとかなるか程度の困りごとが稲垣屋さんにできた。そういうことか。で、松吉さん、あんたがその独り言を聞いたのはいつ頃なんで？」

「七つ半にはなっていたと思います」

「見立番付を見て、笑っていたというのは」

「それは、そう……昼をいただいてすぐのことでした」

「てえと、昼飯を食ってから七つ半までの間に、稲垣屋さんが困るようなことがあった。そういうことか」

「ではないかと……」

「あんたに、その心当たりはないかい？」

「わたしには、ありません」

松吉の顔がにわかに引き締まった。

「親分さん、他の者に心当たりがあるかどうか、あたってみましょうか」

「あんたがか？」

「はい。下手人を捕まえるためとはいえ、店の奉公人が主人のことについてあれこれ口にするのは躊躇いがあると思います。わたしにになら、同じ奉公人どうし、遠慮はないでしょうし」

「しかし、あんたの立場がまずくなるんじゃねえのか」

理由はどうあれ、松吉の申し出は、稲垣屋の内を嗅ぎまわるということだ。疎まれこそすれ誉められる筋のものではない。

松吉は、岡っ引の手先になりさがったのかい。手代の分際で、何を考えてる。店の中から下手人を出したいのか。そう罵《ののし》られても仕方がない。べとりと重い泥を被ることになりかねないのだ。

「気持ちはありがてえが、これはあっしの仕事だからな」

松吉は、はっきりとかぶりを振った。口元が固く結ばれ、柔和な顔の中に一点、頑固な色を刷《は》いた。

「親分さん、旦那さまが辻斬りに殺されたのなら、わたしにはなにもできません。しかし、そうでないなら、下手人を捕らえるきっかけが、この店の中にもしあるなら、わたしにできることは、全部、やりたいのです」

松吉の目にふいに涙が盛り上がった。

「松吉さん、あんた、どこの出だい？」

「わたしは、千住《せんじゅ》豊島《としま》村の百姓のせがれでございます」

「奉公は、稲垣屋さんが初めてで？」

「はい十の歳に、奉公させていただきました。商いのイロハを旦那さまに教えていただいたようなものです」

この若者ならさぞかし教えがいも育てがいもあったろう。そして、この若者なら奉公人の間での信頼も確かに手にしているに違いない。伊佐治は、うんと一つ頷いてみた。

「松吉さんの気持ちはよくわかった。なら、あんたが人の口の端にのぼらない程度に、聞き込んでもらおうか」

「はい」

「頼みついでにもう一つ、失せ物を探してみてくれ」

「失せ物？」

「そう、確かにあるはずなのに失せた物がないか調べてみてほしいんだがな」

「それは、金子がということですか？」

「いや、金子に限らねえ。例えば、下駄とか」

「下駄……ですか」

松吉が首をひねった時、番頭が近づいてきた。

「もうよろしいですか。葬儀の用意で手数が足らないんですが」

伊佐治は立ち上がり、番頭に礼を言った。

「松吉は、旦那さまのお気に入りでしたから、なにかとお役に立ったでしょう」

細い目をさらに細くして番頭は言い、くしゃみを一つした後、付け加えた。

「旦那さまが亡くなって一番困るのは、おまえかもしれないねえ、松吉」

第五章　偽の月

稲垣屋を出ると、光が目を射た。いつの間にか、空は晴れ上がり冬の太陽が中空にかかっている。道の縁にかき寄せられた雪が、光を弾く。年の瀬間近の寒気は、長くは続かないのかもしれなかった。

「親分」

天水桶の陰から源蔵がのぞく。

「稲垣屋の評判は、まずまずといったところです。死んだ惣助も女房も奉公人たちも、悪く言う者はこのあたりにはいねえようです」

「そうか。ここ数日、見かけねえ奴が稲垣屋の前をうろついてたってこともねえな」

「へい」

伊佐治は巾着から一分金を二つ取り出すと、源蔵の手に握らせた。

「源蔵、番頭の庄平と手代の松吉、この二人をもうちょい洗ってみてくれ。庄平は、町内の聖徳店に住んでる。そこも、あたってくれ」

「わかりやした。けど、親分、こんなにもらっちゃあ」

「持って行きな。もうすぐ昼時だ。うめえものでも食ってひとがんばり頼むぜ。それに手っ取り早く人の口を割るには、金が一番だ」

伊佐治の懐には、昨夜、信次郎から渡された金が手付かずで残っている。元は、遠野屋の金だった。早く使ってしまいたい。密かにそう思っている。持っていると何故か気の重くなるような金だった。

源蔵は、露骨に喜色を浮かべて頭を下げた。

「金か……」

源蔵と別れ一人、大川端を歩く。風はなく、葉の落ちた柳の裸枝がたらりと下がっていた。長い竹の束を担いだ竿竹《さおだけ》売りが、足早に伊佐治を追い越していく。男の肩に乗った竿竹が煤払い用の篠竹に変わるのも、もう間もなくだ。

人が人を殺す。その動機は、なんなんだろうか。竿竹売りの背で揺れる竹の先を見ながら考える。

恨み。それもある。激情、狂気、仇討ち……そして、金。両の指を折って、まだ足りないほどの数がある。稲垣屋は、折ったうちのどの指に触れたのか。そして、おりんは。

伊佐治の足が止まった。

おりんと稲垣屋の件を端から結んで考えるな。信次郎にそう言われた。身を投げた女と目撃した男がいる。その男が殺された。それは、本来なら関わりのない二つの糸が偶然、絡み合っただけなのだろうか。そんなことがあるだろうか。

伊佐治は、また、懐手に歩き始める。おりんの死んだ理由が、わかれば、わかりさえすれば……。

武家屋敷の塀が続く道を黙々と歩いた。考え疲れ、ふと顔を上げると、大川は昼時の光に水面をちかちかと瞬かせている。どさりと音がした。塀の内、どこかの屋敷の屋根から、雪が滑り落ちたらしい。年を越せば春はすぐだ。心が浮き立つ季節が来る。

若菜摘み、梅見、桜見。風が柔らかくなり、空の色が淡くなる。苗売りの声が響き、女たちの動きが軽くなる。宵闇の中に甘い花の香が混ざり、夜気がねとりと絡みつき、猫が騒ぎ、鳥が囀《さえず》る。おりんは、その日暮らしに追われる裏店の女房ではなかった。表に店を構え繁盛している小間物問屋のおかみだったのだ。若く愛らしくもあった。なにより、心底惚れて夫婦《めおと》になっただろう亭主がいた。春の盛りの人生ではなかったか。もうすぐ訪れる季節をささやかなりに存分に楽しめる立場の女ではなかったのか。なぜ、引き止めることができなかった。おりんが手にしていた幸せは、なぜ、二ッ目之橋から身を投げる枷《かせ》にならなかった。

「あんた」

袖が摑まれた。強く引かれる。

「おふじ。なんで、こんなとこにいるんだ？」

「なんでって、ここは、あたしの家だからね。いるのがあたりまえじゃないか」

「へ？」

伊佐治は、襷がけのおふじの姿をまじまじと見つめた。それから、紺地に白く梅屋《うめや》と染め抜いたのれんを見る。確かに、自分の家だった。いつのまにか、尾上町まで歩いていたらしい。

「自分の家もわからず通り過ぎるなんて、大丈夫かい。しっかりしないと大川にどぶんだよ」

おふじは、自分の言葉に笑い、襷を解いた。目元に、ほろりと零れる色気がある。昨夜、おふじは、まだ充分に女だった。その残影があちこちから、ちらりほらりと零れて落ちる。

女ってのは、訳のわかんねえ生きもんだな。

伊佐治は、ため息を一つついていた。

「お昼、まだだろう。豆腐のおつけがあるから、すぐ用意するよ」

なるほど、味噌汁や煮物の匂いがする。伊佐治は、自分がひどく空腹なことに気が付いた。

きりきりと胃の腑が痛むほどだ。

梅屋は、一膳飯屋をやや上等にしたほどの店だが、板場をあずかる太助の腕がいいのとおふじの客あしらいがさっぱりと小気味いいのが評判で、けっこうはやっていた。嫁のおけいも橋を渡った橘町の茶飯屋の娘だったただけあって、慣れた水を泳ぐ魚を想わせてきびきび立ち働いている。ようするに、梅屋にあまり益のないのは、伊佐治一人なのだ。

梅屋は七つまでは、酒を出さない。昼どきは、一膳一汁一菜だけだ。それを蕎麦とほぼ同額で食べさせる。独り身の職人や店者《たなもの》に人気があった。軒行灯に灯が入る頃になると、町内の旦那衆もやってくる。岡っ引がらみの小料理屋などと敬遠されることは、まずない。伊佐治が、不必要に他人の生活を詮索しないことも地道に生きていることも、よく知られているのだ。旦那衆とは、人がどのように生きているかを見極めるのに長《た》けている者たちだ。害なしと見極めた相手は、鷹揚《おうよう》に受け入れる。親分さんと呼び、丁重な挨拶もする。頼みごともする。頼みごとに見合った礼金も差し出す。梅屋に寄り付きもする。それは、伊佐治が役に立つからだ。役に立たなくなったり、自分の生活を脅かしたりする者に人がどのくらい冷酷になれるか、骨の髄まで知っている。生家は米沢町《よねざわちょう》で料理茶屋を営んでいた。伊佐治が八つの歳、父親が流行《はや》り病で亡くなると店は急速に傾いて、あっけなく潰れた。仕入先からの執拗な取り立てが始まったのは、まだ葬儀もろくに済まないうちだ。にこやかに父と談笑していた油屋が、味噌屋が、酒屋が、伊佐治の頭をなでて菓子をくれた八百屋が、炭屋が、肩をいからせ母を怒鳴りつける。家中の金や金目の品を浚《さら》えていく。

「金のねえやつは、人じゃねえんだよ」

移り住んだ風も通らない裏長屋の間口六尺の住まいにまで取り立てに来た若い男が、母の着物の最後の一枚を脇にかかえ、捨てていった台詞《せりふ》を伊佐治はまだ、覚えていた。

人じゃねえなら獣になってやらあ。

八つの自分が、すすり泣く母の側にしゃがんで何度も呟いたことも覚えている。事実、奉公先を転々としながら臆病な獣のように生きた時期もあった。懐に匕首を吞んで歩いたことも、盗みをしたことも、女を殴ったこともある。博打にはまり、酔いつぶれ、母親の死に目にさえ会えなかった。

あと一歩で奈落の底に落ちる、あと一足踏み出したら、まっとうな世界には戻れない。そういうぎりぎりで、伊佐治のえりを摑んで引き戻してくれたのは、おふじだった。一膳飯屋の看板娘だったおふじを伊佐治は、誑《たぶら》かすつもりだった。誑かして金を巻き上げ、女郎屋にでも叩き売ればいい。そういう心根で近づいた。そして本気で惚れてしまった。気が付けば、飯台と逆さ樽の腰掛けがあるだけの暗い店の板場で魚を焼き、飯を炊いていた。小皿に煮つけを盛る時、刻み菜を汁に散らす時、ふっと父や母を思い出すことがあった。孝行の一つもできなかったなと切ない悔いは湧くけれど、他人に対する恨みつらみは、不思議なほど凪《な》いで動かない。自分の奥底に凝り固まったものが、剝がれ、消えていく。柔らかく、軽く、ほぐされていく。

「伊佐さん、あたしをおかみさんにしてくれない？」

働き始めて二年たった春、おふじにそう言われた。まだ、手も握っていなかった。掘割の水が増え小気味良く流れる季節、その水音を聞きながら、伊佐治は、この女に救われたと確信した。人として生きる。そこに繋がる細い紐帯《ちゅうたい》をこの女が離さずいてくれた。待っていてくれた。そういう女と巡り会えた。

世の中、捨てたもんじゃねえんだ。

十八のおふじの身体に埋もれながら、刻み込んだ想いは今も褪せていない。伊佐治の内に鮮やかに在る。

世の中、捨てたもんじゃねえんだ。捨てちゃならねえんだ。

「あっ」

頬から顎に柔らかく肉のついた四十のおふじが、振り向く。

「忘れるとこだった。あんたにお客さんが来てたんだ」

「客？　誰でえ？」

「遠野屋のご主人だって。でも、まだ若い人で」

「ばか。なぜ、それを早く言わねえんだ。何時のことだ」

「一刻ほど前さ。言っとくけどあたしは、座敷に上がって待っててもらうつもりだったんだよ。けど、商いの途中だからって」

半分も聞かず、伊佐治は店を飛び出した。おふじの声が追いかけてくる。

「あんた、佐渡守さまの下屋敷だよ」

「なんだと?」

「聞いたんだよ。これからどちらにお寄りですかってね。あたしだってだてに何十年も、あんたの女房やってるわけじゃないからね」

「わかった」

遠野屋の商いのことは、あらかた源蔵が調べ上げていた。得意先として大名の中屋敷、下屋敷、裕福な商家、名の通った茶屋、妓楼が並んでいた。聞いた時、思わず目を剝いていた。老舗の大店ならまだしも、二代続いただけの店にしては、あまりに分厚く手広い商いだったのだ。

なにが手堅く護るだ。じゅうぶん、攻めてるじゃねえか。

唸る。そして感心してしまう。てえした才覚だと。あの男がここまで遠野屋の身代を肥やしたのなら恐ろしいほどの才覚だ。先代がそのことを見抜いていたのなら、それもまた並外れた眼力ではないか。むろん得意先の名前は信次郎にもすぐ伝えた。が、不快そうに鼻に皺を寄せただけだった。佐渡守下屋敷の名は、源蔵の調べにはなかった。だとすれば、遠野屋は、また一つ、上等の得意先を手に入れたのかもしれない。

伊佐治は、竪川に沿って走った。竪川は、真っ直ぐ東西に走る川だ。町中を流れる川でもある。武家屋敷の続く大川端とは違い、煩雑で生き生きとした音や匂い、人の姿や色がざわめいている。そこを走る。ぬかるんだ道に何度か足をとられそうになった。相生町の二丁目を過ぎた頃、さすがに息が切れた。この頃無理をして走ると膝にくる。夜具に入ってから鈍く痛むのだ。腰も荷を括りつけたように重くなる。一息ついてから、歩き出す。なにも急くことはなかったのだ。遠野屋は、商いのついでに立ち寄っただけかもしれない。昨夜の件の礼か、確かな口止めを頼みに来たのかもしれない。

尾上町の親分ともあろう者が、なにを慌てて小間物屋の後を追っかけてるんだ。そう言い聞かすのに、足はまた、急いて前に出ようとする。その足が止まった。相生町四丁目を過ぎたところ、二ッ目之橋の袂だった。からからと明るい光をうけた橋を寒鮒《かんぶな》売りが渡っていく。風呂敷包みを背負った小僧や子どもの手を引いた女が通っていく。商家の手代風の男が二人、顔を寄せて話しながら時おり河岸に視線を向けるのは、今朝の無惨な死体のことを語らっているのかもしれない。橋の下、竪川の水が流れていた。人が何人身を投げようと殺されようと、川は変わらない。流れるだけだ。

伊佐治は、息を整え、欄干越しに流れを見つめている男に近づいていった。

常盤町のはずれに「花菱」という小料理屋がある。遠野屋は伊佐治をそこに誘った。昼食に付き合ってほしいと言う。

「梅屋のご主人を誘うのは、ちと気が引けますが、ここの田楽は、なかなかのものです」

「知ってます。花菱の田楽は有名でやすから」

「酒をつけましょうか」

「いりやせん。恥ずかしながらあっしは、昼下戸《げこ》なんで。お天道さまの出ている時に呑むとさかずき一杯で目が回りやす」

「夜だと平気なのですか？」

「へい、まったく平気なんで。自分でも変な身体だとおかしくなりやすよ」

遠野屋が白い歯をみせて笑った。若い。伊佐治は、またそう思った。しみ一つない皮膚も弛《たる》みのない輪郭も若い。この男、いったい幾つなのだろう。

「遠野屋さんは、膝が痛むなんてことねえんでしょうね」

「膝ですか？　ありません」

「でしょうねえ」

「たぶん、木暮さまと同じぐらいだと思いますよ」

「は？」

「歳です。木暮さまもお若い」

田楽の味噌の匂いが香ばしい。その串に伸ばしていた伊佐治の手が止まった。

「あっしの考えてたことが、よくおわかりで」

遠野屋は答えなかった。汁椀を取り上げ、軽くすすっただけだった。

「あの若さで、定町廻りとして本所深川方のお役目を預る……たいしたお方ですね」

「そりゃ、ほら、あの……そう、適材適所ってやつでしょ。上にいるご支配役の与力さまが眼力のある方なんでござんしょうよ。うちの旦那に、養生所見回りや諸色調べ掛なんて長く勤まるわけがねえし、似合いもしねえ」

「ごもっとも。ついでに言うなら、人情本や春本の取り締まりなどという野暮な仕事もお似合いになりませんね」

「まるで似合いやせん。そんなお役に回されたら、ふてくされて碌に働きゃしませんよ。旦那の好きなのは」

伊佐治は、くっと口元を引き締めた。しゃべりすぎだ。そう気が付いた。

「死体」

遠野屋が眉も動かさず、一言、口にする。

「遠野屋さん！」

「お好きなのでしょう。曰《いわ》く付きの死体なら、なおのこと」

「遠野屋さん、口が過ぎますぜ。うちの旦那は、そりゃあ、ちょっと変わってるかもしれねえが、狂人じゃねえ」

「狂人？　木暮さまが？　まさか。木暮さまは……良すぎるのですよ」

「良すぎるって、なにがです？」

「頭がです。物事を瞬時に見極める才がおありだ。じっくり推し測る力もある。違う世にお生まれなら、さぞやおもしろい生き方をなさったでしょうに」

「違う世？」

遠野屋は、僅かに首を傾げた。伊佐治は、その指を見つめていた。骨ばっても柔らかくもない。

「乱世と申しましょうか、今の世のように人の生き方がきっちり定められていない、自分の力を頼りにのし上がっていける、そんな世の方が、木暮さまには向いているように思えませんか。今は、木暮さまのような方には、辛いご時世なのかもしれません」

「うちの旦那、辛がっているようには見えませんけどね。まっ、頭の良いのは認めやす。人柄は、相当悪いですけど」

「親分、親分も口が過ぎますよ」

伊佐治は、すっと膝を進めた。

「遠野屋さん、指を見せちゃあいただけませんか」

返事を待たず遠野屋の手を取る。人の肉体というものは、雄弁だ。肉体の持ち主の生き方を景気よくしゃべってくれる。でまかせ、騙りの使える口よりずっと正直に、だ。

職人なら身体全部に張りがでる。その職によって肉のつき方は違ってくるが、たいていが緩みのない身体になる。商人なら指と背中に柔らかな肉が積もり、ごろつき、放蕩者となると無惨なほど線が崩れる。身分にも歳にも関係なく崩れる。

「手相見ですか」

「いや」

なにもない指だった。なにも語らない。警戒心が囁く。

気を付けろ。なにを？　わからない。けれどひどく禍々しい。危険だ、この指は。

「親分さん、稲垣屋さんはなぜ、殺されたのです？」

伊佐治は手を離し、後ろに下がった。

「お耳に入りましたか？」

「この辺りは、その話でもちきりです。膾《なます》のように切り刻まれていたと噂する者もおりましたが」

「まさか。一太刀です」

「一太刀……正面から？」

「袈裟懸《けさが》けというんですかね。こう肩から脇腹まで。旦那に言わせりゃあ、相当な手だれの仕業とか」

「おりんのことと、なにか関わりがあるのでしょうか」

「それはなんとも言えやせん」

「関わりないと思う方がおかしくはありませんか、親分」

「思いやすね、ただ」

「ただ？」

伊佐治は、指についた赤味噌のたれを舐めた。そうすることで時間を稼いだつもりだった。遠野屋と話しているといつの間にか相手の調子に巻き込まれている。冗談じゃねえ。心の内に隠している諸々を引っ張り出すのは、こっちの仕事。釣られてたまるもんか。

遠野屋の指が軽く、握りこまれた。

「最初から関わりがあると決めてかかるな。木暮さまが、そう、おっしゃったのですね」

口があんぐりと開いたのがわかる。自分の顔が間抜け面になっているのもわかった。ふいに、遠野屋が笑顔になる。

「当たりましたか？」

「当たりました。よくおわかりで」

「木暮さまなら、そのくらいのことはおっしゃるでしょう」

「遠野屋さん」

「はい」

「昨夜は、あれからどうしていなすった？」

早口で問う。問う側が、問い詰め聞き出す側が自分であることを明確にしておかねばならない。

「義母についておりました。木暮さまのおかげで、なんとか命は拾いましたが、まだ眠ったまま目を開けません。このまま目を覚まさないようなら一月《ひとつき》、もたないと」

「一月……そんな、だって、ちゃんと息はしてたじゃねえですか」

答えが返るまで少し間があった。

「心の臓が強いのだそうです。それで、かろうじて生き延びているけれど……このまま何も食べられぬようだと、身体が弱っていずれ息が続かなくなると……」

「揺すってみちゃあどうです。氷で冷やすとか、名前を呼ぶとか」

「一晩中、耳元で呼んでみました。指の先さえ動きませんでした。むろん、水も飲めません。唇を濡らしてやるのが精一杯の看取りです」

「じゃ、このまま亡くなるってことも」

「その覚悟はしておくようにと、今朝、源庵先生から再度、はっきりと言い渡されました。よほどのことがない限り、目を覚ますのは難しいそうです」

そんな死に方ってのがあるのか？　伊佐治は、声に出さず密かに呻いた。知らなかった。身体の中で心の臓だけが動いている。それが徐々に弱まり、止まる。からくり人形の歯車が回らなくなる。人形は動かなくなる。そんな死に方があるのか。

「義母には、もう生きる志がないのです。生きていたいという思いを根こそぎ奪われました。いくら呼んだとて、呼び戻すことはできないのかもしれません」

「えれえ冷てえじゃねえですか。そんなおっかさんをおいて、あんたは、昼飯を食ったり、商いに精を出してるってわけだ」

詰《なじ》るつもりはなかった。遠野屋の言うことには筋が通っている。しかし、人の命を淡々と見切ってしまうような物言いが不快で堪らなかった。

「わたしも遠野屋の商いも生きております。生き残らなければなりません。だから、昼食もいただきますし、お得意さまへも回ります。なにがあっても遠野屋を潰すわけにはいきませんから」

「そんなに店が大切ですかい」

「はい」

軽く目を閉じてみる。遠野屋の店先に立った時、肌身に感じた覇気を思い起こす。この男は、あの活きの良い小さな店に己を懸けているのだろうか。

「違う」

呟いていた。

「違うでしょう。遠野屋さん」

「なにが違います？」

「あっしだって、だてに歳を食っちゃあいませんぜ。あんたは、小間物問屋一つにしがみついて、必死に護るような人間とは違う。そのくれえのことは、わかりやす」

通りを駆け抜ける子どもたちの足音と声が聞こえた。甲高い声がシロ、シロと呼ぶ。笑い声が響く。犬が吠える。子どもたちが寺子屋から帰ってくる時刻なのだ。

「わたしは先代から、店とおりんを頼むと言われたのです。それなのに、おりんを失いました。せめて、店だけはなんとしても護り通さねば、あちらで、おりんや先代に合わせる顔がありません」

「遠野屋の先代に恩があるってわけで」

「先代とおりんに」

「どういうこってす？　どういう恩を受けなすった？」

ふいに遠野屋の表情に変化があらわれた。視線が揺らいだのだ。現を見つめていた目が、つと彼岸に流れたように焦点を失う。一瞬だった。一瞬でその目は現に戻ってきた。

「わたしにとって、おりんは、弥勒でございました」

「弥勒……」

「そういう女でございましたよ」

遠野屋の手が懐に滑り込み、小さな包みを取り出した。

「話が遠回りしすぎました。今日、お伺いしたのはこれを見つけたからです」

包みを開けると黒い種と紙切れが出てきた。紙には、女の手で「うすもも・あい・あいのふ」とあった。

「これは花の種ですね。朝顔か……遠野屋さんこれをどこで？」

「おりんの挟箱《はさみばこ》の中です。その手もおりんの字です」

「朝顔はお庭にはないんで？」

「わたしが知っている限り、植えたことは一度もありません」

伊佐治は、格子窓から差し込む光に種を翳してみた。大粒の種は光を受けて艶やかに黒い。

「新しいものでやすね。今年の種だ。おかみさんは、これをどこかで手に入れて春になったら植えるつもりだった」

「はい。しかし、そのどこかがわかりません。わたしには、思い当たる所がないのです」

朝顔はそう珍しい花ではない。育てることが容易い。美しくもある。伊佐治自身、おふじにせがまれて入谷の朝顔市をのぞいたことがあった。夏の早朝、朝顔売りの声は豆腐やしじみの棒手振り《ぼてふ》の触《ふれ》売り声と競うように路地に響くし、裏店の柿葺《こけらぶき》職人の九尺の戸口に大輪の花の鉢が置いてあったりもする。朝顔の種ぐらい、その気になれば、簡単に手に入るだろう。しかし……。

「挟箱の中にあったんですね」

「そうです」

「朝顔の種をしまうには、ちと不向きだな」

遠野屋が無言で頷いた。鏡台や手箱ならわかる。挟箱は、衣類の持ち運び用に使う道具だ。武家のように挟箱持ちを連れて歩くわけではない町方では、普段、納戸の隅に仕舞いこまれている。そんなものに種などしまうだろうか。

「ようがす。この種をおかみさんがどこで手に入れたか、探ってみやしょう」

遠野屋は無言のまま、伊佐治の前に手をついた。

「花菱」を出ると、昼下がりの日は淡くどこか赤みを帯びて路上を照らしていた。子どもたちの姿は、もう見えない。

「遠野屋さん、あんた、あっしの聞いたことに答えてねえですぜ」

森下町に帰ると遠野屋が背を向けた時、伊佐治は低く声を落として問うた。

「どんな恩を先代から受けたんで？　いや、遠野屋に入る前はどこでなにをしてたんです？」

遠野屋は、身体を半分回し伊佐治の顔をちらりと見た。

「そういうことは、木暮さまがとっくに人別帳をお調べなのではないですか」

「人別帳でわかるようなことですかい？」

荷車が通る。泥水がはねて遠野屋の裾に散った。

「木暮さまにお伝えください。今度は羊羹と宇治の茶をご用意して、お待ち申しておりますと」

常盤町から弥勒寺橋までは、弥勒寺と武家屋敷に挟まれた長く暗い道が続く。雪は溶けることをせず、凍てついたまま固まり、人の姿はほとんどない。遠ざかっていく遠野屋をぼんやりと見送りながら、伊佐治は、その道が生きていたおりんにただ一度出会い、傘を借りた道だったことを思い出していた。


「羊羹と宇治茶？　それはなにかい。おれに、寄れって言ってるわけか？　小商人のくせに、武士を呼びつけるたあ上等じゃねえか」

「小商人じゃねえでしょう。構えは小体《こてい》でも、こっちが考えてる以上の身代ですぜ」

森下町の自身番の中で、火鉢に手をかざして伊佐治は、ため息をついた。遠野屋と交わした話を打ち明けたばかりだった。みるみる信次郎の機嫌が悪くなる。

「まったく、ふざけたやろうだ。人別帳を調べてもなにも出てこねえとわかって、笑ってやがるのか」

「やっぱりなにも出てこなかったんで」

「おしば婆さんの色気ほども出てこなかったぜ。作事方の次男が届を出しての脱藩だとよ。森下町の前は、神田の本銀町《ほんしろがねちょう》にいた。人別送りの書付もちゃんと出てたよ」

「生国は？」

信次郎は、西国の藩の名を忌《い》み物のように口にした。

「部屋住みが、うだつのあがらねえ将来に見切りをつけて商人の婿に納まる。まっ、珍しい話じゃねえやな。おれだって、日本橋の大店あたりから婿の口がかかりゃあ、刀なんぞ喜んで捨てちまうぜ」

「旦那に大店の婿の口がかかるわけがねえでしょ。第一、遠野屋は大店じゃありやせんよ。あそこの商いが肥えてきたのは、今の代になってからです。商人としての遠野屋の腕は、なかなかのもんですぜ」

信次郎は、鼻の先で笑っただけだった。

「人斬りの方が、もっと上さ」

伊佐治は、部屋の隅で机に向かっている書役にちらりと視線を走らせた。声を低くする。

「旦那、あんまり物騒なことを言うもんじゃありませんぜ。遠野屋がまっとうな商売をしてるのは確かなんですから、町廻りの旦那の口から変な噂が立ったとあっちゃあ、旦那のご威光にもさしさわります」

「へっ、やけにあちらの肩を持つじゃねえか。田楽ぐれえで丸めこまれたわけじゃねえだろうな」

さすがに、癇《かん》にさわった。口がへの字に曲がったのがわかる。こういう時、愛想が尽きると思うのだ。身分が違うとはいえ、伊佐治は信次郎の手足になって働いている身だ。わざわざ神経を逆なでして怒らせて、何の益がある。

なんなら、今すぐ手札をお返ししやしょうか。

何度も出かかった言葉が、また、喉の奥に引っ掛かる。小骨を飲み下すように、茶を流し込む。

それにしても、いつも以上に機嫌が悪い。横目で信次郎を窺い、その眉間に寄った深い皺に気が付いた。

「旦那、なにかあったんで？」

「うん？」

「やけに、荒れているじゃねえですか。なにか引っ掛かることが、ありやしたか」

「へぇ、わかるか？　てえしたもんだな」

「旦那とも長え付き合いですからね。わかりたくなくても、わかっちまいますよ」

口の端に笑いを浮かべ、信次郎がつっと伊佐治に身を寄せた。

「稲垣屋の傷があんまり見事なんでな、もしやと思って旧記を調べてみた」

「へい」

「十年前の大晦日、新高橋の袂で海辺大工町の植木職人が殺られている。年が明けて、二月には要橋《かなめばし》を渡った木置場で若え女がばっさりだ。お里という名前だが、こいつはどうやら船饅頭で稼いでいたらしい。その年の五月には、十万坪《じゅうまんつぼ》の草っぱらで無宿人が一人……それで、おしめえさ。三人とも、稲垣屋と同じように一太刀で斬り殺されている。下手人は捕まっていねえ」

「十年前の大晦日というと、右衛門さまが亡くなられた頃でやすね」

「そうだ。だから、まあうちの親父が下手人でないことだけは、確かだ」

信次郎の戯言《ざれごと》を聞き流し、伊佐治は自分の眉間にも皺を寄せた。十年前、そんな事件があったとは意外だった。右衛門を突然に失い、岡っ引を辞めるのか続けるのかと迷っていた時期だ。新高橋や十万坪は、持ち場ではなかったけれど、あの頃の伊佐治の気持ちがかつてないほど弛緩していたのは確かで、その間隙をつかれたような気になる。

「旦那は、十年前と今と、下手人は同じだとお考えなんで」

「さてな。おれには、どうとも言えねえよ。ただ、殺された三人にはなんの繋がりもねえ。殺したいから殺した。そうとしか考えられねえ、やり方だ。しかも、植木職人はまだしも、船饅頭にしても無宿人にしても、後腐れのねえ連中だ。そういうやつらを選んで、殺す。殺しを楽しんでいるとしか、おれには思えなくてな」

信次郎と伊佐治は顔を見合わせた。

「稲垣屋は後腐れのねえ連中ってわけには、いきやせんぜ」

「そうさ、船饅頭とか無宿人とは違う。だけど、なあ……」

珍しく信次郎の歯切れは悪かった。

「稲垣屋もまた、同じ……殺したいから殺したって気がするんですかい？」

信次郎は、眉間の皺をさらに深くしたまま答えようとはしなかった。

障子が開いた。源蔵が入ってくる。源蔵は、伊佐治に言われた通り稲垣屋の番頭の庄平と手代の松吉を洗っていたのだ。

庄平は、聖徳店に独り住んでいた。小金を持っているとの伊佐治の見立ては外れていなかったようで、もう少しで一人立ちできると隣の経師職人に漏らしていた。ただし、番頭としての器量はさほどでもなく、惣助が、松吉の方を大きく頼りにしていたのは、店の誰の目にも明らかだった。庄平が一人立ちをと焦れていたのは、そういう居心地の悪さを感じていたからのようだ。

「庄平は丈夫な方じゃなくて、よく風邪をひいたり身体のあちこちが痛んだり、年中病持ちだそうで。陰気でしつこいこともあって、あんまり好かれてはないようですが、真面目で几帳面な男なんで、勤めの上で大きな粗相もしなかったようで、松吉をいびるということもなかったと……これは、聖徳店のかかあ連中から聞いたんですが、根は善良な気の小せえ男みてえです」

でっぷりと肥えて重く覇気のない稲垣屋の番頭の顔が浮かぶ。とろんと気だるいような目をしていた。それは、松吉の利発なきびきびした目と比べた時、商人としての庄平の資質の悪さを物語ったろう。

「松吉の方は、それこそ悪く言う者は誰もおりやせんでした。稲垣屋からもずい分可愛がられていたようで。ゆくゆくは養子として迎えて、親戚筋から嫁をもらうって話まで出てたそうです」

信次郎が、火鉢の炭をつつく。ぱちりと火花が散った。

「ただ、稲垣屋の店は、もうたたんでしまうって噂も出てるようで、いくらやり手でも松吉一人に、身代を預けるわけにはいかねえと。借金もあったようです」

伊佐治は、目を閉じた。商いに多少の借金はつきものだ。買掛も売掛も常識のはずだ。ただし、主人が存命で商いが回っていればの話だった。一度、商売の歯車が止まり、回る見込みがつかないとなると……どうなる？　どうなるか、身をもって知っていた。

稲垣屋は、おしまいだ。潰れる。天災のように襲ってきた不運に耐え切れるほど頑強な土台がなかったのだ。おつながが哀れだった。せめて、余生を楽に過ごせるだけの金が残ればいいが。自分の母親のように、己の悲運を嘆きながら死んでゆくことがなければいいが。そう思った。しかし先のことはわからない。今、はっきりしていることはただ一つ。稲垣屋を殺したのは天の災いではなく、人の手なのだ。伊佐治は、ゆっくり息を吸った。

「源の字、ご苦労だったな。もう少し稲垣屋にへばりついて、出入りする奴を見張っててくれ。素性の知れねえ奴や様子のおかしな奴がいねえかどうか、目ぇ開けて見てるんだ」

「へい」

信次郎の目が源蔵の角ばった顔をちらりと見やる。

「ついでに、稲垣屋が庭に朝顔を植えてなかったかどうか女中にでも聞いてみてくんな。もしあれば、何色だったかもな」

「へ？　朝顔って？」

「竹垣だよ」

信次郎が、火箸を灰に突き立てた。灰が立つ。詰め役の家主が大仰な動作で鼻を抑えた。

「薄桃、藍、藍の斑《ふ》。三色揃って咲かすとなりゃあ裏店住まいにゃちと無理じゃねえか。朝顔は蔓が絡んで伸びる花だ。揃い咲きさせたいなら竹垣がいる。竹垣があるかどうか、庭をのぞいてみな」

「てことは、旦那、おりんは竹垣を作れるような庭がある家から、この種を貰ってきたってことにもなりやすね」

「そう考えて、いいだろうな……親分、これはおれの推量でしかねえんだが、おりんは、朝顔の花を見て、欲しくなったんじゃねえかな。つまり、間男との寝物語に聞いて、ねだったんじゃなくて、自分の目で確かに花を見た……」

「どういうことで？」

「挟箱の中に隠してたわけだろう。なんでだ？　種を貰ってきたもののその出所を亭主に尋ねられるのが嫌だった」

「亭主に嘘をつきたくなかったんですよ」

信次郎の唇がめくれた。僅かに笑ったのだ。

「親分は、とことん女に甘いな。まっいいや。亭主に嘘をつきたくなかった。なら、なんで貰ってきた。芽が出て花が咲きゃあ、いずれは出所を尋ねられる。あるいは、ひょんなことから挟箱の中の種を見つけられるってこともねえとは言い切れねえ。たかが朝顔だぜ。そんなにしてまでなんで貰ってくるんだよ」

「……それほど花が見事だったってことですかい」

「女なんてのは、馬鹿だからよ。花とか飾り物とか、きれいなものを見ると抑えが利かなくなる。おりんは朝顔を見たんだよ。そしてどうしても欲しくなった。そして、朝顔ってのは、朝咲く。よくもって五つ半。四つまで咲いてることは少ねえだろうよ。出合茶屋や船宿に出入りできる刻じゃねえ」

「おりんが行ってた先は、庭のある町屋……」

「そうとも言い切れねえが」

「寺や武家屋敷となると、あっしら町方の手には負えませんぜ」

「手に負えるとこからやるさ。だいたい、もうすぐ歳の市が立とうかって時期に、朝顔を捜すなんてことが正気じゃねえんだからよ。気楽にやろうぜ。気楽によ」

「人が死んでるんですぜ。気楽にしてていいんですかい」

「人なんぞ、毎日死んでるじゃねえか。この前なんか駒形屋の隠居が餅菓子を喉につまらせて死んだし、三間町の彫り正の娘は生まれて三月で死んだとよ」

「なんなら、駒形屋と彫り正に朝顔がねえか、確かめにいきやしょうか」

皮肉を込めてそこまで言って、伊佐治は口を閉じた。信次郎の手の中には、朝顔の種がある。遠野屋から手渡された時のまま白い布に包まれた十ほどの種を、信次郎はひどく険しい目で眺めていた。気楽などという言葉が入り込む隙のない、張った視線だ。伊佐治は、居住まいを正し腹の奥に力を入れた。

「親分……朝顔が咲くのは夏だよな」

「はぁ、そりゃそうです」

「おりんは、本気でこの種を植えようとしてたのか。もし、そうだとしたら、芽が出た時、花が咲いた時、亭主にどう言い訳するつもりだったんだ」

「花の種なんて、その気になれば、どうでも言い訳はつくじゃねえですか。店の金を持ち出したなんてのとは、違いやすからね」

「普通の亭主なら誤魔化せるさ。けど、あの男に女の嘘が通じると思うか？　通じねえだろうな。目の動き、言葉の揺れ、顔の色。あの男なら、小間物問屋の家付き娘の嘘なんぞ丸見えだろうよ。安女郎の股を開かせるほどの手間もいらねえさ。おりんは、自分の亭主を騙せると考えてたのか。騙してもいいと思ってたのか」

「ばれてもいいと開き直っていたのかもしれやせん。おりんは嫁に入ったわけじゃねえ。家付き娘なんてのは、我儘《わがまま》で驕《おご》ってるもんと相場が決まって……いや、違いやすね」

違う。おりんは驕慢な女ではなかった。開き直ってもいなかった。もしそうなら、種を隠すことなど最初からしないだろう。だとしたら……。

「咲いてもよかったんだ」

信次郎が低く呟く。

「へ？」

「芽が出ても蔓が伸びても花が咲いてもよかったんだ。その頃までには、亭主に種の出所を聞かれても答えられると思っていたんだ」

「旦那、何を言ってるんですか？」

「亭主に隠さなきゃならねえことが、この種を貰った頃にはあった。しかし、それは遅くとも夏の初めころには解ける隠しごと、隠さなくてもすむと、おりんは思っていた……」

「どういうことなんで？　あっしのお頭《つむ》じゃさっぱりです」

「おれだってさっぱりさ。思いついたことを口にしてみただけだからな。ついでにもう一つ」

信次郎が、伊佐治に向かって身体を寄せる。

「遠野屋は、おりんが嘘をついて家を出ていたことに気が付いていたんじゃねえか。気が付いて黙っていた」

「けど、おちかの家まで迎えをやってますぜ」

「そりゃあ店の者の手前、そのくれえのことはするさ。さっきも言ったろ。女の嘘にまんまと乗せられるような男じゃねえ。遠野屋は、おりんの嘘を知ってたんだよ。案外、行き先まで知ってるのかもしれねえ」

「まさか」

腰を浮かせていた。浮かした腰をそのままに、伊佐治は小さく唸った。そうだ、確かにそうだ。遠野屋なら、あの男なら、気が付いていた。気が付かないわけがない。

「遠野屋といやあ」

出て行こうと腰高障子に手をかけていた源蔵が、振り向く。

「松吉と話してるのを見たって女中がいましたぜ」

「なんだと」

信次郎と伊佐治が同時に叫んだ。源蔵の胸元に信次郎の手が伸びる。掴み、揺すり上げる。

「源蔵、なんでそれを早く言わねえんだ。いつだ。誰が見た」

「旦那、馬の手綱じゃねえんだ。そんなに引っ張ったら源蔵だって声も出ませんよ。あっしの手下を縊《くび》り殺す気ですかい」

舌打ちして、信次郎が手を離す。源蔵は、泣きそうに顔を歪めていた。

「源蔵、話してみな。遠野屋と松吉を見たのは誰だ」

「おときって稲垣屋の女中です。あの、前に一度、遠野屋が稲垣屋に来たことがあったそうで……その時……」

今度は、伊佐治が源蔵の胸倉を掴みそうになった。その顔色に源蔵が後ろに下がる。源蔵は粘り気のある性質で言いつけたことをじっくり慎重に聞き込むのには、適していた。ただ、玉石の見極めはとんとつかない。必要なもの不必要なもの、拾う言葉捨てる言葉の判断がつかないのだ。伊佐治は唾を飲みこみ、源蔵を促した。妙に優しい声が出た。

「その時ってのは、いつだ？　源、ちゃんと筋を立てて話してみな」

「へい」

源蔵は、下唇を一舐めしてぼそぼそとしゃべり始めた。

おときは、台所女中をしていた。お客に茶を持って行けと言われ、奥の座敷に茶を運んだ。その客が遠野屋だったのだ。もっとも、その時は客の名前などわからなかった。茶を出した時、丁寧な礼の言葉を掛けてくれたことだけは心に残った。下働きの小娘に礼を言う客などめったにいないのだ。その客を二度目に見たのは、二、三日後、おつなに言われて、南本所横網町《よこあみちょう》の得意先に届け物を持っていった帰りだった。おときの家がその得意先近くの裏店にあるので、おつなが心配りをしてくれたのだった。久しぶりに母や妹の顔を見、話をしての帰り道、十三歳のおときは別れの寂しさに少し涙ぐんでいた。そして、御蔵橋の近くまで帰った時、松吉が橋袂で立ち話をしているのを見たのだ。荷を届けにいく途中らしく風呂敷包みを背負っていた。遠野屋さん、と松吉が呼んだのが聞こえた。店の者から、遠野屋という小間物問屋のおかみが竪川に飛び込んだとも、それを主の惣助が見たとも聞いていた。

そういえば、お茶を出しに上がった時、葬儀も終えましてと聞こえた。あれは、あの人のおかみさんのことだったんだわ。

そんなことをぼんやり考えたまま立っていた。涙は大川の風に乾き、荒れた頰にその風が沁みる。松吉と向かい合っている男、遠野屋の主人がすっと振り向いた。

おや、松吉さん、おたくの可愛らしいお女中さんですよ。そう言って、おときに笑いかけたのだ。

「すかしたやろうだぜ。で、松吉と遠野屋はなにを話してたんだ」

信次郎が腕組みをしてまだ険の残る目で源蔵を睨んだ。

「それは……おときにはわからなかったみてえです。立ち聞きしていたみたいな格好になって恥ずかしくて、走って帰ったって言ってましたから」

「その後、松吉から釘を刺されたってことはなかったのか。つまり、御蔵橋で見たことは黙ってろと」

さあと、源蔵は首を傾げた。

「聞き込んでねえのか。まったく、詰めの甘え野郎だな」

「旦那、そう源を責めねえでやっておくんなさい。おときって女中の話を引き出しただけでもお手柄じゃねえですか」

伊佐治は半分源蔵を庇うつもりで、後の半分は本気で言った。あまり要領のよくない源蔵にしては、よく聞き込んできた。しかしそれは、源蔵の力というより稲垣屋の奉公人の箍《たが》が緩んできたからだろう。おときという下働きの女中でさえ、箍の緩み、店の崩れを感じているのだ。だから口も軽くなる。

信次郎が立ち上がる。刀を落とし差しにして、羽織の裾を帯に挟み込む。

「旦那、どう動きやす？　松吉を引っ張ってきますかい？」

「石原町まで出向くこたあねえよ。遠野屋に直《じか》に吐かせる。ごたごた言うようなら番所までしょっぴく」

「しょっぴくって、旦那、ちょっと待ってくださいよ。あっしもお供します」

信次郎の後を追いかけて自身番を飛び出した時、走り込んできた男とぶつかりそうになった。

「新吉」

下っ引きに使っている新吉だった。

「親分、昨日の殺し、見たかもしれねえって奴がいました」

信次郎の足が止まる。伊佐治は短く一つ、息を吸い込んだ。

「出たか。で、誰でえ」

「夜鷹蕎麦屋の親父です」

「ていうと、おりんの飛び込みの時、稲垣屋を見たって親父か。たしか林町の裏店に家があるっていってたな」

「へえ、三丁目の喜兵衛店に住む弥助って親父です。竪川あたりがシマらしくて」

「そいつは、殺しの下手人を見たのか？」

信次郎が伊佐治を押しのけるようにして、新吉の前に立つ。

「と思いやす」

「思う？　まだ、確かめてねえのか」

信次郎の声が明らかに荒くなる。新吉は臆した様子もなく、はっきり頷いた。

「順立てて話しまさあ。弥助は、松井町で夜稼ぐ女や客相手に商売してる親父です。万屋《よろずや》って飲み屋ご存知で？　そこで酌取りをしているおつねって女が、昨夜二度、二ッ目之橋の袂に弥助の屋台が出てるのを見てやす。最初は暮六つの頃、この時は商売前の腹ごしらえに、おつね自身、蕎麦を食ったそうで、次が木戸の閉まるちょっと前、客を送って河岸まで出た時、弥助の屋台を見たって言ってやす。客がいて、普段あまり愛想のない弥助が笑っていたので、よく覚えていたらしいんで」

おりんの件で、聞き込みをした夜鷹蕎麦屋の顔を伊佐治は思い出した。小柄だががっしりした体軀の男で、ぎょろりと大きな目をしていた。

「それで、おめえのことだ、すぐに喜兵衛店に飛んだんだろうな」

「へい、もちろんで。けど一足ちげえで、弥助は出掛けた後でした」

「どこへ？」

「それがわからねえんで。弥助は、ひとり暮らしで身寄りといっちゃあ菊川町《きくがわちょう》に嫁にいってる娘だけなんで。そこまで足を延ばしてみやしたが、ここ一月、とっつぁんとは会っていないと言われやした。帰りにもう一度、喜兵衛店を覗いてはみたんですが、まだ帰ってきてませんでした。ほんとなら、蕎麦の仕込みにかかる時間のはずなんですが。とりあえず、親分に知らせようと思いやして」

新吉が目を伏せる。伊佐治と信次郎は顔を見合わせた。

「捜せ。なんとしてもその弥助とやらを捜しだせ」

信次郎の言葉に、新吉はもう一度、大きく頷いた。

「もちろん、そのつもりで。江戸中走り回っても捜しだしやす」

伊佐治は、新吉の手に自分の巾着を握らせた。

「助を集めろ。久蔵や勝にも声を掛けろ」

「わかりやした」

「間に合えばいいがな」

信次郎が空を仰いだ。日はとうに暮れた。空は晴れ渡っているのだろう。月の姿はなく、星だけが無数にさえざえと瞬いている。星空を仰いだまま信次郎の呟く声が、伊佐治に届いた。

「また、夜が来たな」

第六章　乱の月

遠野屋の店の中は、明々と灯がともっていた。小体な店の並ぶ一角だけに、闇の中にこぼれ落ちた光は、華やかで艶めいてさえ見える。その光の中に立つと、細面の手代がすばやく近づいてきた。昨日、伊佐治たちに顔をしかめた男だった。今日は、嫌な顔もせず丁重に頭を下げる。

「いらっしゃいませ」

「ちょいと遠野屋さんに聞きてえことがあって、お邪魔したんだがね」

顔を上げ、手代は愛想のいい笑顔を作った。

「心得ております。お二人がいらしたら、奥の座敷にお通しするよう、主人から言われておりますので。どうぞ」

座敷に通されるなり、信次郎が舌打ちする。

「心得ておりますだと。まったく、おれたちが来ることはお見通しって言いてえのかよ。主が主なら、奉公人もイヤミな野郎ばっかだぜ」

「躾《しつけ》が行き届いてるんですよ。旦那もここで働いて、しっかり躾けてもらっちゃあどうですかい」

「親分、ふざけんな、おれが」

ふいに言葉を切って、信次郎は障子の側に寄った。数人の足音が近づいてくる。忍びやか

な軽い音だった。片手に刀を下げたまま、信次郎が戸を開ける。

束髪に黒羽織。町医者らしい風体の男が、目を瞬かせながら信次郎を見つめていた。ふい

に障子が開いて驚いたのだろう、こくりと息を呑みこんで半歩、後ろに下がった。ひどく背

の低い、その割に頭の大きな男だ。町医者源庵だった。昨日、姿は見たものの、ゆっくり目

を合わせるような余裕は双方ともになかった。今まじまじと見つめてみると、意外に若く愛

嬌のある顔立ちをしている。後ろに、薬籠《やくろう》を提げて遠野屋が立っていた。

「驚きましたな。遠野屋さん、いつ八丁堀の旦那衆が座敷から飛び出してくるような仕掛け

を作ったんですか」

医者は、身体には不釣合いな深い豊かな声を出した。音として耳から入り、身体に染みて

くるような心地良い声だ。

「つい最近でございます。木暮さま、改めてご紹介いたします。こちら里耶《さとや》源庵先生で」

遠野屋の言葉の途中で、源庵は、背中を伸ばすと唐突に信次郎に向かって手を伸ばした。

「ちょっ、ちょっとなにを」

「静かに。まぶたの裏を診るだけです。ふーん」

源庵の手からは、青臭い匂いがした。薬草の匂いだ。信次郎は顔を振ってその手から逃れた。信次郎が十の歳に亡くなった母は、生きていた最後の三年間をほとんど寝たきりで過ごした。母の部屋には、病人の体臭と薬草の匂いが籠っていて空気がどろりと澱んでいた。それと同じ匂いがする。

「いや、失礼。少し肝の臓を悪くしておられるように見受けたもので。目が濁っておりますな。顔色も良くない。念のため、酒は控えられた方がよろしいですぞ」

それだけ言うと、源庵は背を向けて歩き去った。遠野屋が後に続く。信次郎は、大きな音を立てて障子を閉めた。

「なんだ、あの辛気臭え医者は。気にくわねえ」

「旦那、一度、診てもらったらどうですかい。肝の臓をやられると、てえへんらしいですぜ」

「うるせえな。だいたい人の身の内にあるものが、なんで目を見ただけでわかるんでえ。医者なんて、大方が紛い物じゃねえか……親分」

「へい」

「あの医者、遠野屋との繋がりは長えのかな」

伊佐治は、さあと首をひねった。

「あの医者が気になるんで？」

「いや、どうってことない医者だろうが……ただ、このぐらいの店に呼ばれるとあっちゃあ、昨日まで薬売りでしたって輩じゃねえだろう。だとしたら……」

「だとしたら、なんです？」

「庭のある家に住んでるだろうなと思ったんだよ」

あっと声を上げそうになる。長火鉢にかざしていた手を反射的に握りこんでいた。

「朝顔が咲いていたかもしれねえ庭がな」

「わかりやした。調べてみやす」

昨日の小娘が茶と羊羹の皿を運んできた。まだ十五にはなっていないだろう赤い頬をした丸顔の娘は、両手をついて丁寧に挨拶の言葉を口にした。

「おまえさん、なんて名だね」

「くみと申します」

伊佐治は問うてみた。

「ここにきて、長えのかい」

「二年になります」

「歳は？」

「十四です」

問われたことだけを短く明瞭に、おくみという娘は答えた。

「奉公は辛かねえか」

「いいえ。少しも」

「そうかい。そりゃあけっこうだ。せいぜい励むんだな。若えうちの苦労は、後のいい肥やしになるからな」

「はい。ありがとうございます」

「昨夜ここの旦那は、遅くに外に出なかったかい？」

伊佐治は、問いの中身をくるりと変えた。相手に嘘を考える余裕を与えないつもりだった。しかし、おくみは、二度瞬きしただけで、はっきり首を横に振った。

「旦那さまは、昨夜はずっとご病人についていらっしゃいました。たぶん、ほとんど眠ってもおられないと思います」

「なんで、そう言い切れる。あんたも側についていたのか？」

声を低くしてみる。脅すほどではないが、小娘が軽く怯えるほどの威嚇を込めた。おくみは、もう一度首を振った。

「おみつさんがそう言ったんです。わたしは、薬湯と旦那さまのお夜食を持って寝る前に、お部屋に行きました」

「おみつさんというのは、女中頭かね」

「はい、奥には、おみつさんとわたしとさきちゃんの三人がいます。さきちゃんは、わたしより一つ上です」

「あんたが薬湯を持っていったのは、何時頃のことだ」

「木戸が閉まってしばらくしてからです。送り拍子木の音が聞こえましたから」

「薬湯を持っていったのは、その一回きりか」

「はい。後は、おみつさんが……おみつさんは、心配でとても眠れないと言ってました。旦那さまが起きていらっしゃる間は、いつお呼びがかかってもいいように台所にいて、火の番をしていたらしいです」

「そりゃあ見上げたもんだな。それなら」

「親分、もうよしな」

信次郎が、だらしなく膝を崩し、羊羹をほおばった。

「小娘をつっついても何も出てこねえよ。確かに、よく躾けてるぜ。主に不利なこたぁただの一言も言わねえとよ」

盆を胸に抱いて、おくみは顎を上げた。信次郎を睨む。

「違います。そんなんじゃありません。わたしは、本当のことを言っただけです」

「うぉっ、えらい気の強い娘っ子だな。こういうのが好みなのか、遠野屋？」

障子が音もなく開くと、遠野屋が廊下に膝をついていた。

「遠野屋のご主人ともあろう方が、自分の家で盗み聞きもなかろうぜ」

「お調べの邪魔をしてはと思いまして。おくみ、おみつが台所で呼んでいる、行きなさい」

「はい」

「その前に、無礼な口をきいたことを木暮さまに謝りなさい」

おくみは、僅かに唇を引き締めたようだが、額が畳につくほど頭を下げ、申し訳ありませんでしたと謝った。

「無理に謝らせるなんざ、野暮のすることだぜ。可愛らしい娘に嫌われちまったじゃねえか」

遠ざかる足音を聞きながら、信次郎が薄く笑う。

「木暮さまは、いつもああいうことをなさるのですか」

「なんだ？　小娘をからかったことか」

「廊下を人が通る度に、障子を開ける癖がおありなのですか」

空になった信次郎の湯飲みを引き、遠野屋が新たに茶をそそぐ。

「おぬし、なにが言いたい？」

「お尋ねしたのは、わたくしの方です。木暮さま、なぜ、障子をお開けになりました？」

信次郎は茶をすすり、それがひどく苦い物であったかのように口を歪めた。

「遠野屋」

「はい」

「上等な羊羹だ。どこで手に入れた」

「いただきものでございます。佐渡さまのお手子《てこ》の方からいただきました」

「なるほどね、あちこちに、手を伸ばしてるってわけだ。さぞや寄り合い仲間から僻《ひが》まれてるだろうな」

「まさか。そのようなことはございません」

「おぬしのところに忌みごとが続けば、それ見たことかと陰で笑う奴は、かなりいるはずだがな」

遠野屋は答えなかった。

「陰で笑う奴も、表立って露骨に潰しにかかる奴もいる。それを凌ぐより、白刃の下をくぐる方が、おぬしにはずっと楽だろうよ。周防《すおう》」

信次郎の手の中で湯飲みがくるりと回った。茶の一滴が畳に零れ、小さな粒を作る。

「周防清弥《せいや》。送りの書付によると、そういう名前だったな。本名かどうかはわからねえが」

「今は、先代から清之介という名を授かっております」

「遠野屋清之介は、まっとうな商人でございますってわけか」

「はい」

信次郎が声を出して笑う。

「一度、闇の中に沈んだ者はな、土竜《もぐら》と同じよ。なかなか、日の当たる場所には住めねえのさ。たとえ弥勒の裳裾《もすそ》にすがってもな。いやな足音だったぜ、一分の隙もねえ、いつでもこちらとの間合いを計っているような用心深い足音だった。おれが障子を開けた時、おぬしは僅かに間合いの外にいたろう。武士の間合いの取り方じゃねえ。相手と対峙して白刃を交えるための潔い足さばきじゃなくて……そうさな、いつでも己を隠せるための間合い……周防、あの足音はな、お天道《てんとう》さまの下じゃなく、闇の中を歩く時のものだ」

「闇の中を歩く……」

遠野屋の呟きにうんと、信次郎は頷いた。頑是《がんぜ》無《な》い子どものような頷き方だった。束の間、遠野屋の視線が揺れた。目の中に何かが過る。戸惑いでも、憤りでもない。過ったものが何なのか、伊佐治には言い当てることができない。

「木暮さまは……」

「何だ？」

「いえ……わたしは、ごく当たり前の歩き方をしておりましたが。わたしの足音より、木暮さまのお耳がひねくれているのかもしれません。どうお思いです、親分さん」

伊佐治は、飲みかけた茶を吹き出しそうになった。

「急に、こっちに向けねえでくだせえ。あっしは根っからの町人なんで、間合いのことなんぞ、わかるわけねえでしょ。遠野屋さんがどう歩こうが、どうでもようござんすよ。ただ」

伊佐治は信次郎と目を合わせた。信次郎が微かに顎を動かす。

「ただ、御蔵橋あたりを歩いていた理由と松吉となにを話したのか、そのあたりのことは、ちっとお聞きしたいんですがね」

「松吉……稲垣屋さんの手代の？」

「そうです。その前に、なに用で稲垣屋に行きなすった？」

「おりんの最期のことを詳しく聞かせていただきたくて伺いました。聞かずにはおれなかったものですから」

遠野屋の表情は変わらなかった。女房の最期を他人に聞かなければならなかった、聞かずにはおれなかった亭主の悲哀は、どこにも窺えない。伊佐治は、丹田《たんでん》に力を込めて冷静に問うことを続けた。

「わかりやした。話を戻しやす。御蔵橋で松吉とは何を？　まさか、世間話じゃねえでしょ」

「世間話です」

遠野屋は、あっさり言い切って、自分も茶をすすった。

「稲垣屋さんにお伺いした時、取り次いでくれたのが松吉さんでした。きびきびと気持ちの良い方で、ああ良い手代さんだと感心いたしました。商人としての資質を持っているとすぐにわかりまして……ちょうどうちの手代が一人、親元の事情で暇を取ったばかりでしたので、よけい目をひかれたのかもしれませんが……御蔵橋の近くで会ったのは、偶然でございますよ。わたしは門前町の飾り職人の家とご贔屓筋を回った帰り、松吉さんは、品物を卸しに川向こうの町に行かれる途中でございました。ほんとうに少し世間話をしただけでございます。わたしも松吉さんも、荷を背負った小僧を連れておりましたから、お確かめくだされば、わかると思いますが」

「門前町てえと大徳院裏の？」

「はい、大門店に住む行助という職人です」

りました」

「贔屓筋というのは？」

「米沢町の倉田屋さん、その後、備前さまのお屋敷にお伺いいたしました」

「米沢町の倉田屋……米問屋のですかい」

「はい。お嬢さまのご婚礼用に化粧道具と簪のご注文がありましたので、詳しく伺いに上がりました」

「松吉と会った後は？」

「店に帰りました。八つ半にはなっていたと思います」

伊佐治は、息をついた。遠野屋の受け答えは詳細で的確で、辣腕の商人そのものだった。ほつれも澱みもない。それが、引っ掛かる。虚言ではあるまい。確かめればすぐにわかるような嘘を言質《げんち》にするような男ではない。しかし、引っ掛かる。この男は、自分の行動を文を読むように説明できるのか。人は曖昧なものだ。似たような日々の中で、生活の記憶は曖昧になる。曖昧さのかけらもない言葉の流れに引っ掛かる。

「松吉とは、世間話をしてすぐに別れたわけですね」

「そうです。天気とか正月のことやとか……最後に松吉さんは、おりんの亡くなったことに、悔やみを言ってくれまして、それで別れました。木暮さまのお言葉を借りれば、見事な間合いだと思いました」

「間合い？」

「そう、近づきすぎず離れすぎず、相手の内に無遠慮に踏み込まず、さりげなく礼を尽くす。人と人との間の取り方が絶妙でございました。この若者とは、またゆっくり話をしたいと感じましたから。白刃を交えて斬り合うためでなく、人と繋がるための間合いを取ることができる。お武家にはできないことでしょうね。木暮さま」

「しようとも思わねえよ。松吉のことは、まあいい。一応、信じといてやる。それより周防、いや遠野屋」

「はい」

「金を工面《くめん》しな」

「いかほど」

「百両」

伊佐治は、今度は本当に茶を吹き出してしまった。むせる。遠野屋がにじりより、背中をさすってくれた。

「百両。むろん、昨日の口止め料とは別口でだ」

「無理です」

「あっさり言うな。米沢町はおれの受け持ちじゃねえ。それでも倉田屋の名ぁ知ってるぜ。

名の通った大店じゃねえか。それに、大名屋敷、ここの贔屓筋にちらっと流し目をくれただけで、百両なんざ湧いて出るはずだ。はした金だろう」

「百両をはした金と言えるほど尊大な店ではございません」

「いくらなら、すぐ出せる」

「五十両」

信次郎が、わざとらしく舌打ちをする。

「そんなもんじゃ、足らねえ」

「なんのための金子でございます？」

「人捜しだよ。もっとも、その爺がこの家のどこかに閉じ込められてるってことなら、余分の金はいらねえがな」

遠野屋が訝《いぶか》しげに眉をひそめる。それから伊佐治に問うような視線を向けた。

「教えてやんな」

信次郎は躊躇なく言った。伊佐治は咳込みながら、夜鷹蕎麦売りの失踪について手短に説明した。信次郎が続ける。

「竪川の幅は、たかだか十間。稲垣屋がやられた時刻、もし爺が、二ッ目之橋の袂で商売していたとしたら、なにか見ていたかもしれねえ。見ねえまでも、物音を聞くぐれえはしているはずだ。いくら凄腕の殺し屋でも、人の倒れる音や声は消せねえ。あのあたりはな、野良犬が多いんだ。そいつらが、血の匂いに吼《ほ》えたてたってこともあるだろう。弥助ってのは、歳のわりに目も耳もしゃんとしていたってことだ。なにかあれば、必ず見聞きしている……その爺が家に帰ってこねえ。夜っぴいて捜さねえと……とりあえずは、親分が助を集める金を出した。足らねえとこを出しな」

遠野屋は障子を開け軽く、手を叩いた。やってきた細面の手代の耳に囁く。手代は、表情も変えずそのまま去っていった。

「遠野屋、ここに離れはあるかい」

「ございます。先代が臥《ふ》せっておりました時、養生するために造らせました。簡単な煮炊きができる台所も付いております」

「隠そうと思えば人一人ぐれえ隠せるわけか」

「その弥助さんとやらをでございますか……それは、簡単なことでしょうが……あまり得にはなりませんな」

ふいに信次郎が笑い出した。くぐもった低い笑い声を立てる。

「そうさな、おまえさんが稲垣屋を殺したなら、弥助を生かしとくことぁねえな。死人に口無しだ。ばっさりやっちまった方が、すっきりする」

「わたしでなくとも、そうでしょう。躊躇うことなく一刀で人を斬り捨てることのできる者なら、生かしておくより口を封じる方を選ぶと思いますが」

「ちげえねえ。とすると、弥助の死体が今夜あたり竪川に浮くってこともありか」

信次郎はため息を漏らし、耳の後ろを指で掻いた。

「おれの回り筋で殺しが続いたとあっちゃあ、上がうるせえだろうな。厄介なこった」

「旦那！」

伊佐治は、思いっきり顔をしかめてみせた。

「人一人の命ですぜ。そう簡単に殺しちまってどうするんで。あっしの手下が必死に行方を探してるってのに、埒もねえ。遠野屋さん、あんたもあんただ。人の生き死にを算盤をはじいて算段するみてえに、しゃらしゃらと口にするもんじゃやねえ」

説教するつもりも、誹《そし》るつもりもなかった。息子ほどの若い男が二人、表情も変えずそれこそ世間話の要領で、人の死を語ることに嫌悪を感じたのだ。人は尊いものだ。伊佐治はそう思っている。獣に堕ちず、人の埒内でかろうじて生き抜いている者なら、誰でも尊い。弥助は、夜商いの蕎麦屋に過ぎない。一杯十六文の蕎麦を夜の中で売る。それだけの人間だ。それでも尊い。おりんのことで聞き込みをした時、松井町の曖昧宿の女が「あの爺さんの蕎麦を食べるのだけが楽しみでさ」そう言って、にんまり笑った。白粉を塗ってさえ隠し切れない小皺と荒れた肌の目立つ女の笑った顔だった。

奈落に落ちて身を売っている女をあんなふうに笑わせることが、あんたたちにできるのかい。できねえなら、損だの得だのと、したり顔でしゃべるんじゃねえ。

湧いてくる言葉を奥歯で嚙み潰す。信次郎が肩をすくめた。

「怒られちまったぜ。支配役よりよっぽど怖えや」

遠野屋はしばらく伊佐治を見つめ、ひどく緩慢な動作で手をついた。

「親分さんのおっしゃるとおりです。恐れ入りました」

手をつかれて、伊佐治は慌てた。

「遠野屋さん、あっしは、あんたに恐れ入られるほどの者じゃやねえ。言い過ぎやした。謝りやす」

やはり緩慢に遠野屋が顔を上げた時、廊下で旦那さまと声がした。障子が開く。のぞいたのは、白髪の目立つ頰の垂れた男だった。遠野屋に袱紗《ふくさづつ》包みを渡す。

「番頭の喜之助でございます。お見知りおきください」

主に紹介されても男は、挨拶の一言も口にせず軽く辞儀しただけだった。明々と行灯の灯る座敷内を一瞥して戸を閉める。信次郎が鼻の先で笑った。

「獅子身中の虫ってわけか、遠野屋」

「は？」

「あれは、先代からの子飼いの番頭じゃねえのか。遠野屋の身代に割って入ってきた二代目を快くは思ってねえ顔付きだったぜ」

「ご慧眼《けいがん》にございますな」

「ああいう手合いは、面倒だぜ。喉に引っ掛かった小骨みてえなもんさ。身の内にあってチクチクと痛みやがる。下手したら命取りになるってもんだ」

「ご忠告、肝に銘じておきます。ただ、喜之助は命取りになるほどの骨ではございません。遠野屋にとっては、内の虫より外の虎の方がずっと手強いようでございますよ、木暮さま」

紺紫の袱紗包みが信次郎の前に差し出された。

「百両ございます」

「ふふん、百両出す甲斐性があるなら、端からさっさと出しゃあいいものを。勿体つけやがって」

「昨日のご配慮への御礼を含めてのこととして、お納めくださいませ」

「しわい商売をするんじゃねえよ。まっいいや。そういうことにしといてやる。ただな遠野屋」

「はい」

「これで、おれへの借りが帳消しになったなどと、早合点するんじゃねえぜ」

「むろん。木暮さまが義母の命を取り留めてくださった恩、金子に代えられるとは思うてもおりません」

「へへっ、わかってりゃあいいよ。おまえさんがどういう恩返しをしてくれるか、楽しみにしてるぜ。とりあえず、これはいただいておく」

伊佐治は、息を一つついた。百両の袱紗包みが右から左に速やかに渡る様子にため息が出たのだ。巧妙な強請《ゆす》りの現場を目撃したように感じる。強請った方も強請られた方も、毛一筋分の乱れも強張りも見せず穏やかに座している。まったくため息が出る。

「軍資金はいただいた。帰ろうぜ、親分。弥助を捜す手を増やさなきゃあなんねえ」

「へい」

伊佐治が腰をあげた時、中庭を渡る女下駄の音がした。軽く跳ねるように聞こえるのは、音の主が若い証だろう。おくみあたりが、敷石の上を走っているのかもしれない。庭の雪は、あらかた片付けられていた。遠い昔、庭のある家に住んでいた頃、雪が積もると店の奉公人たちに交じって、雪かきをした。庭の四隅に雪山を作り、どれが最後まで溶けず残るか、菓子を賭けたりしたものだ。そんなことを何故か思い出す。

雪かきは済んでも敷石は凍てつき滑りやすくなっているはずだ。転ばなきゃいいが。少年からいい歳をした男に戻り足音の主を案じた。それほど熱のある音だったのだ。しかし足音はすぐに遠くなり、行灯の芯の燃える音が聞き取れるほどの静寂が来た。信次郎は動かない。刀を下げたまま、障子と対峙しているかのように、その背は硬直していた。

「旦那？」

「下駄の音……下駄だ」

「へぇ？」

「伊佐治、おめえ、稲垣屋が下駄のことで呼びだされたらしいと言ったな」

「へぇ、稲垣屋の女房がそう聞いたと。しかし、下駄は商いの品でやすから、そうは言われても、見当がつきやせん」

信次郎は緩慢な動きで振り返り、座ったままの遠野屋を見下ろした。眉間に皺が寄り、苦痛に耐えているかのような重い表情が現れる。声が喉に絡み、微かに掠れた。

「遠野屋、下駄はどうした？」

「下駄？」

「おりんの下駄だ。竪川に飛び込む前に履いていた下駄だよ」

遠野屋の口が僅かに開いた。小さく声が漏れる。

「下駄……そういえば……」

「ねえのか！」

「はい。おりんの亡骸《なきがら》を引き取った時には、もうございませんでした」

「ばかやろう。なぜ、それを早く言わねえ」

「しかし、櫛や簪も」

遠野屋は口をつぐんだ。喉仏が上下する。顔色が変わった。血の気が引いて、唇が震える。

伊佐治は、この男の動揺する様を初めて目にした。信次郎が奥歯を噛み締める。

「竪川は流れの速え川だ。水の量も多かった。飛び込めば、髪も解ける。櫛や簪なんざ、川の底だ。しかし、下駄は違う。たいてい、人は履物を脱いでから、身投げするもんだ」

「稲垣屋ですかい」

——びっくりして何の用事かと尋ねたら……下駄のことだと。

おつなの言葉が頭に響く。我知らず伊佐治はこぶしを握っていた。迂闊だった。稲垣屋の商売に惑わされ、おりんの下駄にまで考えが及ばなかった。自分の迂闊さに、歯噛みする。

「旦那、弥助は、稲垣屋がおりんの下駄を抱えて自身番に向かったところを見ておりやす。その後、騒ぎになって……あっしも、ろくに詮議もせずに、稲垣屋を帰してしまいやした」

「その時、下駄はどうした？　稲垣屋が持っていたのか？」

伊佐治は目をつぶり、記憶を呼び覚まそうとした。稲垣屋はひどく取り乱していた。顔色は無く、両の目だけが充血していた。それは覚えている。縞物小袖に羽織を着ていた。それも覚えている。下駄？　下駄はどうだった。懐に入れていたか、抱えていたか……懸命になればなるほど、あの夜の稲垣屋の姿形は曖昧に遠くなる。唸りそうになった。伊佐治より先に、低く呻いたのは遠野屋だった。しかし、その後、声はさして乱れもせず続いた。

「稲垣屋さんは履物問屋。下駄は身の回りの一部のような物でしょう。他の男なら、女下駄を持っていたら目立つに違いございません。しかし稲垣屋さんの場合、ごく自然に身に添うていた……稲垣屋さんもいつもの慣れでそのまま、下駄を持って帰ってしまった……」

「十中八九間違いねえ。そのまま、稲垣屋は商売物の中に紛らしちまったんだ。あるいは、気が付いたが面倒を恐れて、そのまま処分した……そんなとこだろうぜ。誉められたことじゃねえが、咎められるほどのもんじゃねえ。無宿ならいざ知らず、まっとうな商人なら、なんとかぎりぎり申し開きは立つ」

「なのに、稲垣屋は、下駄を口実に呼び出されて殺された。旦那、なぜ稲垣屋は、つい持って帰っただけの下駄ぐれえであんな刻に出かけて行ったんで？　しかも、家の者にはなんも言わねえで」

「それよな、解せねえのは。そして、もう一つ、その呼び出した野郎……いや女かもしれねえが、そいつが、なんで稲垣屋が下駄を持ち帰ったと知ってるんだ。親分、曲がりなりにもそのことを知っているのは……」

「あの夜、番屋にいた者……旦那もあっしも知らねえ内じゃねえ。稲垣屋の店の中に気が付いた者もいたかもしれやせん」

信次郎がふっと空《くう》を見る目付きをした。

「弥助はどうでえ。まだ商売してたなら、下駄を懐に二ッ目之橋を北に渡る稲垣屋をまた、見たかもしれねえ」

「それも考えられやす。一騒動の後だ。番屋から出てきた稲垣屋をそれとなく見てしまう……そういうこたぁ、よくありやす。あの夜は月が出ていた。番屋の灯りも飲み屋の灯りもあった。弥助がよく人を見る者なら、あっしたちのように、飛び込みがあったってことばかりに気を取られていなかった分、下駄に気が付いたかもしれねえ」

「あっ、こいつ、まだ下駄を持ってる……とか。ありえるな」

「ありえやす。それと」

伊佐治は、膝を正して座る遠野屋を見やった。

「遠野屋さんも知ろうと思えば知れる立場じゃねえですかい。あんたは、おりんさんの最期の様子を知りたくて、稲垣屋さんを訪ねたと言った。その時、すでに下駄のことに気が付いていた……もしかしたら、稲垣屋が白状したってこともある」

「そうだな。稲垣屋も亭主に呼び出されたのなら、のこのこ出かけてもいったろう。なぁそうだろう」

なぁそうだろうと呼びかけられた男は、深いため息をついた。

「気が付いていればよかった……あの下駄は、殊《こと》の外《ほか》、りんの気に入りの下駄でした。鼻緒を自分で選んで……大切にしていた。なんで……なんで、気が付かなかったのか」

「よしな」

信次郎が、遠野屋の前に立膝にしゃがみこむ。

「愁傷な顔なんざ、おまえには似合わねえよ。反吐《へど》がでらあ」

薄笑いが口元には浮かんだけれど、両の眼は少しも笑《え》んでいなかった。

「それとも間抜けな亭主の役がお気に召してるのか」

柄の頭で遠野屋の顎を押し上げる。

「惜しいな。昨夜のおぬしの居場所さえはっきりしていなければ、すぐにでも引っくくれるものを。稲垣屋の斬り捨て方も下駄のことも、おぬしなら全て辻褄が合う。下手人として、うってつけなんだがな」

「下手人は」

顎を上げたまま、遠野屋は信次郎から視線を外さなかった。

「好きに作り上げるのではなく、探し当て、捕らえるものではございませんか」

「しゃらくせえ」

びしりと肉を打つ音がした。信次郎の平手が遠野屋の頬を音高く打ったのだ。伊佐治は、思わず首をすくめた。しかし、何故かいつものように、諫《いさ》める気が起こらない。

「小生意気な口を叩きやがって。おれを舐めているのか。それとも、商人の分際ってもんが、まだ、身に付かねえのか。えっ」

遠野屋は黙っていた。謝ることも言い訳も口にしない。

「おぬし……」

さっきまで薄笑いを浮かべていた口元が引きつる。もう一度、頬を叩く音がした。さすがに、やりすぎだと思う。伊佐治はのろのろと口を挟んだ。

「旦那、もういいじゃありませんか。もう……そこらへんで」

信次郎は息を荒らげていた。遠野屋は黙したままだ。唇の両端が切れ、血が滲んでいる。眼居《まなこい》を一点に定め、微動だにさせない。何かを深く考えているようでもあり、憑かれているようでもあり、ともかく心は現にないように見えた。信次郎も無言で立ち上がり、部屋を出て行く。伊佐治はその後に続いた。廊下に立ち、振り向いてみる。行灯の灯りに仄《ほの》かに照らされて男が一人、座している。

「闇の中を歩く」

一言、呟きが聞こえた。


「ちきしょう」

そう呟いたのは、信次郎だった。呟いた後、唇を嚙み締める。いつもより足早になり、背中が角ばっている。

「ちきしょう。ふざけやがって」

「旦那」

信次郎の足が、林町に向かっていることを確信してから、伊佐治は声を掛けた。聞こえなかったのか、答える気がないのか、返事はない。構わず続ける。

「旦那らしく、ありませんね。なんで遠野屋といると、そんなに気が短くなるんです」

「おれがか」

「旦那がですよ」

足取りがやや緩やかになった。寒風の吹き通る大通りでは、人はみな足早になる。粋な若衆姿の寒紅売りや商家の女中たちが、傍らを身をすくめて過ぎて行った。

「あんなふうにカッとなって乱暴するなんて、旦那らしくねえです」

そこまでで口をつぐむ。らしくないと言えるほど、おれは、目の前の男のことを知っちゃいないのだ。改めて思い知る。

「親分」

「へい」

「気が付いていたか？」

「へい」

「そうかい。さすがだな」

「旦那が二度目に、遠野屋に平手をくらわした時に気が付きました。目をつぶりやせんでしたね」

信次郎が身体の横で、ひらりと手を振った。

「そうだ、一度も目を閉じなかった。思いっきり叩いてやったのによ、あの野郎、しっかり目を開けていやがったぜ。こちらの動きをちゃんと見ていやがった」

「それを確かめるために、もう一度、叩きなすった。旦那らしいですよ」

「なんだよ、さっきはらしくねえって言わなかったか」

「それは最初のやつですよ。遠野屋に面と向かって言い返されて、カッとなった。旦那らしくなかったです。他の者が相手なら、あんなに気短にゃあならねえでしょう」

信次郎が鼻を鳴らす。

「とことん気にくわねえんだよ。引っ叩かれながら、瞬き一つしねえなんて……いや、できねえんだ」

足が止まる。伊佐治はもう少しで、信次郎の背中にぶつかりそうになった。打ち付けてもいない鼻を押さえ、尋ねてみる。

「できねえって、どういうことです？」

「目をつぶれねえんだ」

「そんな……目をつぶれなかったら、寝られやしねえじゃないですか」

「あいつは目を閉じなかった。おれの動きを計っていた。なんのためにだ。おれはぶっ叩きはしたけれど、殺気を放ったわけじゃねえ。まっとうな商人のふりをしているなら、目を閉じることぐれえすりゃあいいんだ。それを……それができなかった。親分、人の身体ってのは、案外厄介なもんだ。染み付いて習い性になったことをなかなか忘れちゃくれねえ。あいつは、攻めてくる相手の動きから一瞬でも目を離さぬように慣らされたんだよ。最悪でも、相討ちが狙えるようにな」

「じゃあ、もしさっき、旦那と遠野屋が真剣で勝負してたら、相討ちになってたってことですかい」

真剣で切り結ぶ……。

ありえない。ただの妄想だと自分に言い聞かせたかったけれど、伊佐治の脳裡に血しぶきの色が過る。息を詰めるほど生々しい鮮紅色。

「いや……無理だな」

信次郎が歩き出す。きっちり三歩の距離をおいて、伊佐治も足を前に出した。

「腕が違いすぎる。おれがあやつの喉を掻ききる前に、心の臓あたりを一突きにされているだろうな。それとも、腹を真一文字に割かれているか……おれの腕じゃ、とても相討ちにまで持ち込めねえ」

「へえ、えらくあっさりと認めちまうんですね」

「しょうがねえだろう。ここで見栄はったって、何の得にもならねえや。まったく、おりんて女も得体の知れねえ男に、それこそあっさりと、引っ掛かっちまったもんだ」

伊佐治は風の冷たさのせいにして、身体を縮め、首をすくめる。伊佐治からすれば、目を閉じることなく折檻を受ける男も、相手の出方を確かめるため、いきり立つふりをして折檻する男も、同等に得体が知れないのだ。寒気がする。おふじの肌がまた恋しくなる。

おりんの肌は、どうだったのだろう。

ふっと思った。あの若い女は、湿った熱い肌をしていたのだろうか。肌理《きめ》の細かいさらりと乾いた肌をしていたのだろうか。男は、その肌に一時でも全てを忘れただろうか。女の内に埋もれながら、この肌が恋しいのだと喘いだことはあるのだろうか。本気で女に溺れる覚悟があったのか、そして、女は……伊佐治は縮めていた背を伸ばした。

「旦那、おりんが死んだのは、亭主と関係ねえんでしょうか」

「おいおい、親分。稲垣屋が殺されてんだぜ。今更、おりんに間男ができて、亭主との間でどうにもならなくなったなんて痴話に戻ってどうするよ」

そうではない。そんなことではない。白日の風景のように誰の目にも捉えることのできるものではないのだ。おりんの死の真相は、幾重にも闇に包まれている。深く闇に沈んでいる。そして他人の死を手繰《たぐ》り寄せる。稲垣屋惣助は手繰り寄せられ犠牲になった。そうとしか思えない。おりんは、ごく普通の商家の娘だった。それは間違いない。生まれたときから死ぬまで、遠野屋という小間物問屋で過ごした。江戸の町のどこにでもいる女。そんな女の死が、何故、こうまで闇に閉ざされる。考えられることは一つ、おりんは知ってか知らずか、闇を引き寄せた。背負い込んでしまったのだ。前にも感じた。こういう男が絡んでいる。それが、ただの痴話ですむわけがねえと。

もう一歩、突っ込んでみなければならない。目を凝らさなければならない。容易には見通せない暗みの底を見定めなければならない。

弥勒寺に沿って、ほとんど灯りのない暗い道を歩きながら、伊佐治は瞼の上をそっと押さえた。しばらく無言のまま、歩く。林町の灯りが目に映りだしたころ、信次郎がぼそりと口を開いた。

「親分、なにを考えてる？」

伊佐治は信次郎のすぐ後ろに、身体を寄せた。

「おりんは、自分の亭主の正体を知っていたと思いやすか？」

まさかと、信次郎は即座に返した。

「おりんはなんにも知っちゃあいなかった。送りの書付にあることを鵜呑《うの》みにして、信じていた。上辺《うわべ》だけさ。上辺の下にあるもの、薄皮一枚剝いだ時、自分の亭主がどんな顔をしているか、なに一つ、知らなかったろうよ。そして、殺された」

「身投げですよ」

「そうだな、身投げだ。自分で川に飛び込んだ。しかし……そうじゃあるめえ。なにかが、なにかがおりんを殺したんだ。そこそこ裕福な商家の箱入り娘を……好いた男と所帯を持って、商いも順調で傍から見れば、言うことなしの幸せな若女房を冷てえ川に飛び込ませた……そのなにかがわからねえ」

信次郎が苛立たしげに、舌を鳴らす。伊佐治は斜め後ろから視線を上げ、信次郎の肩越しに暗い空を見た。

このお方は、わかっている。おれがこれから言おうとしていることなど、とっくに考えついているはずだ。

相手を促すように、声を低め語尾を曖昧にぼかしてみる。

「遠野屋をもう少し、探ることはできやせんか。いや、遠野屋というより……」

「周防清弥のあたりか」

「へい」

「さてさて、それよ。例繰《れいく》り方《かた》の旧記を引っくり返して、出てくるものならわけもない……くそっ。まともに調べて、出てくる埃じゃねえんだ」

「探りが難しいとなると、しゃべらせやすか」

「あの男にか？」

「へぇ、洗いざらい白状させる。そこを探れば、必ず糸口が見つかるはずです」

「親分、無茶を言うな。拷問、責め問いは上の許可がいる。勝手にできるこっちゃあねえ。第一、笞打《むちう》ちや石抱きであっさりしゃべってくれるようなやわな相手かよ。そのくれえのこと、親分だって百も承知だろうよ」

「承知しておりやす」

軒行灯の灯りが揺れる。風に乗って遠く、女の嬌声が聞こえてきた。昼だろうと夜だろうと、お天道さまの下だろうと、闇の中だろうと、人は生きていかなければならない。それぞれに住処《すみか》を見つけ、生きていかなければならない。当たり前のことを何故かしみじみと思ってしまう。夜の風のせいだろうか。

「旦那、頼んでみちゃあどうでしょうか」

「は？」

「遠野屋は、おりんのことを探索し直せと言ったんですぜ。女房が何故死んだのか、知りたがっている。遠野屋にとっても謎なんですよ。そこんとこは芝居でもごまかしでもねえはずです」

「確かに」

「だったら、謎解きがおまえさんの昔に関わってくると諭せば……」

「口を割るか？」

「無理ですかね」

「まず、ありえねえな。はいそうでございますかと、他人さまの前に広げられるような代物じゃあるめえ。もし外に漏れれば、遠野屋の身代を潰しかねねえ。遠野屋の内にだって、事あらば二代目の足を引っ張りたい手合いは、いる」

喜之助という番頭のいかにも不遜な面を思い出し、伊佐治は二度、三度と頷いていた。

「あの男は、今、守勢に回っている。何としても遠野屋の身代を護ろうと懸命なんだ。日の下に晒せねえような昔を絶対、口にするもんか。そんな危ねえ橋を殺されても渡るわけがねえ」

「おりんのことが白黒つくより、遠野屋の身代が大事ってことで?」

「そうさ。だから、おれたちに頭を下げたんだろ。自分でケリのつくことを他人には任せたりはしねえ。あいつは、もしかしたら……悔やんでいるのかもしれねえな。おりんのことをそっとしておけばよかった、ただの身投げとして片付ければよかったとな……ふふん、おれたちが自分の後ろ側まで嗅ぎ回るとは思ってなかった。読み違えたんだよ。あれほどの男でも、突然に女房に死なれると、多少は頭の動きが乱れるらしい。本当のことを知りたいと思った。自分は下手に動けねえ。それなら、使い便利のいい同心と岡っ引を利用してやれってな。探索のやり直しなんか頼んじまった」

洟をすする。

「あっしはともかく、旦那が使い便利のいいお方だとは、三つの子どもでも思やしませんよ」

信次郎は微かに頰を緩めただけだった。何かに憑かれたようにしゃべり続ける。

「読み違えたんだ。おれたちを甘く見た。いや、この事件そのものを読み違えたのよ。女房の飛び込みが自分に、自分の昔に関係あるとは思っていなかった」

「思いたくなかったのかもしれやせん」

「なに？」

「思いたくなかったんですよ。人ってのは、一番痛いところからは目を背けるもんです。遠野屋だって、同じでしょう」

口にした伊佐治自身が驚いた。目の前の霧が束の間晴れて、肩を震わせ蹲《うずくま》る男の姿が現れた。一瞬で掻き消えたそれを空に追い、伊佐治は喉を鳴らす。

遠野屋清之介は、本気で女房に惚れていた。おりんは遠野屋にとって、かけがえのない女だったのだ。

わたしにとって、おりんは、弥勒のような女でございました。

あの言葉に嘘偽りがあろうとは、どうしても思えない。男は弥勒菩薩に出会ったのだ。闇を抱えたものならなお、弥勒の光は眩《まばゆ》かっただろう。この女が共にいるのなら、人として生きられる。それは救済ではなかったのか。男は手を伸ばし、弥勒に縋《すが》った。おれには、わかる。伊佐治は心の内で首肯する。深く頷く。

おれには、わかる。痛いほどわかる。おれも救われたのだ。女に救われ、何十年という年月を共に生きている。おれは共に生きている、しかし、遠野屋は失った。縋った指の間から、確かに摑んだものが消えていったのだ。その焦燥、その絶望、その地獄。伊佐治は、足元に目を落とし、息をついた。

よく耐えたものだと思う。遠野屋は商いに没頭し、店を護ることにのめり込み、現から目を逸らそうとしている。かろうじて、目を逸らすことができている。首の皮一枚で狂うことから免れているのではないのか。おりんの死が自分の背負うた闇に関わると思えば、思っただけで、皮は裂ける。

今はまだ……ここに遠野屋という店がある限り、まだ狂うわけにも、死ぬわけにもいかぬのだ。

男の呻きが聞こえる。呻きながら男は現から目を背け、思索を止める。まがりなりにも正気を保ち、生き長らえるために。

哀れな。

伊佐治の胸に、初めて遠野屋に対して憐憫の情が湧いた。得体の知れない不気味な男ではなく、生きるよすがを失いながらなお生き惑わねばならない若者の姿が見える。冷静を装い乱れぬ姿に眩《くら》まされていた。装った姿の下にあるものが奇跡のように目前に現れた。

哀れな人だ。

「なに、考えてんだよ」

信次郎の声に苛立ちがこもる。

そういえば、この人にも穴が開いている。

伊佐治は思った。ひどく空《うつ》ろな穴を抱え、こうして歩いている。この人もあの男も、おれには真似ができねえほど強い。

強靭だ。虚空を抱えた強靭さが伊佐治をいたたまれない気分にさせる。先の見えた年寄りならまだしも、若いあんたたちが、これから先の長い時間をどう生きるおつもりなんでと、問うて詮無い問いをそれでも問わずにはおれない心持ちになってしまう。

「かわいそうに」

「は？　親分、何て言った？」

「いえ……旦那、もうすぐですぜ。新吉が喜兵衛店の木戸のところで、待っているはずです」

慌ててかぶりをふる伊佐治を、信次郎は眉をひそめて見下ろしていた。

第七章　陰の月

「旦那さま」

障子の陰から呼ばれるまで、清之介は座ったままでいた。いつの間にか行灯の火が消え、座していた部屋は、文目《あやめ》もわかぬほどの暗さに包まれている。火鉢の炭も燃えつきたらしい。気が付かなかったな。

視線を闇の中に巡らせる。生まれた時から闇には慣れている。僅かな星明かりで視界の隅に蠢くものがなにかを見極めることができた。

虫か、獣か、人か、敵か味方か……闇を射抜く視力は天性のもので、闇に座し、闇を見据え続けることで、さらに修練を積み磨いてきた。その力が少し衰えた気がする。光に慣れてきたのだ。光に慣れた目を闇は拒む。厭《いと》うのだ。闇の視力が衰えたと感じた時、清之介は一人、静かに笑った。身体が闇を抜ける。光が身に降り注ぐ。爛漫の桜を見上げ、川辺の柳に目を細める。光に翳《かざ》して品物を見定め、月明かりを蒼いと感じる。ああ花はこのように咲いて、このように散っていくのか。風は季節の推移をここまで饒舌に語るのか、人の手は柔らかく身体は温かいものなのだ。一つ一つ、覚えていく、無垢な赤子のような気さえした。自分はこれから、多くのものを学んでいくのだ。身体が改められていく実感に、変化していく感覚に安堵し、口元が綻《ほころ》ぶ。

「清さんは、よく笑うよね」

おりんが言った。ささやかな祝言をあげたばかりで、おりんはまだ、亭主をおまえさんと呼べなかったのだ。

「そんなことはないだろう」

「よく笑ってる。女房が言うんだから、間違いないでしょ」

「そうか……笑うか」

ええと、おりんは少女の仕草で頷く。清之介はその手首を摑み、引き寄せた。両の手で抱きしめる。柔らかな肉体が腕に熱を伝えてくる。女は抱いた。幾人も抱いた。しかし、この女に溶けてしまいたいと衝動を覚えたのは初めてだ。他者を恋い、求める想いが熱い塊となり身の内をうねる。熱が熱を誘い、おりんの肌の火照りと混ざり合う。これは、おれの喘ぎなのか、おりんの吐息なのか、おれの汗なのか、おりんの涙なのか。濡れて絡みつく裸身を離したくないと思う。

「清さん」

半ば目を閉じ、おりんが掠れた声を出す。

「今、死ねるなら……あたし、本望よ」

清之介は、ゆっくりと首を横に振った。

「違う」

「え？」

「死んでは、おしまいだ。生きなければ、意味がない」

「清さん……」

「生きて、いっしょに歳をとるんだ」

「いっしょに、おじいさんとおばあさんになるの？」

「そうだ」

「二人で白髪になって、皺だらけになって、足腰が痛くて、よぼよぼになる？」

「そうだ」

闇の中で、あの時、おりんは笑っただろうか。泣いただろうか。黙って身を寄せてきただろうか。思い出せない。確かなことは、傍らにいたということだ。あの時は、傍らにおりんがいた。手を伸ばせばいつでも触れられる処に、生きていたのだ。

おれは確かに、弥勒の裳裾を握っていた。

「旦那さま」

障子の陰から呼ばれる。呼んだのは手代の信三だった。気働きのできる聡明な男だ。

清之介は、息を吸い込んだ。火の気を失った部屋の冷気が、喉元を滑り落ちていく。意識を今に引き戻す。

おれは遠野屋清之介だ。森下町の小間物問屋遠野屋の主で、明日は料理茶屋「よしの」で寄り合いがある。義母のことが気掛かりだが、出ないわけにはいくまい。おれは商人で、付き合いというものをなにより大切にするよう、先代から言い遺されて……。

「旦那さま、いらっしゃるんで？」

信三の声が曇る。

「旦那さま」

「いますよ」

いつもより重たげな口調になっていた。頭の片隅が痛む。きりきりと差し込むのではなく、鈍重な痛みだ。障子の向こうでほっと息をつく気配がした。

「大丈夫でございますか？　火をお持ちいたしましょうか？」

「いや、もう店の方に出て行くから、気を使わなくていい」

「はい」

「心配を掛けてしまったかい。すまなかったね」

「いえ、そんな、めっそうもございません……ただ、お客さまがお帰りになってからずっと、お部屋にこもっていらっしゃるものですから……その、店の者がみな心配しております。旦那さまが、あの……お役人に何か酷《ひど》いことをされたんじゃないかって」

「木暮さまに？　わたしが、木暮さまに酷い目にあわされたのではと、みんなが心配してくれたわけか？」

「はい……いえ、あのおみつさんが、怒鳴り声と打つような音を聞いたなんて、申しまして……それで」

ああ、そういえば……清之介は口の端を指で押さえた。そういえば、ここを叩かれた。一度目は本気で力任せに、二度目は試すためにやや力を抜いて。

おもしろい男だ。頭が切れる。切れ過ぎるほど切れて、物事の裏まで見透かしてしまう。そのくせ、聞き分けのない子どものように、突然に感情を荒らげる。成熟しているのか稚拙なのか、摑みきれない。敵に回せば厄介な相手だ。とても厄介な相手だ。関わるべきではなかったのかもしれない。それこそ間合いを計り損ねたか。近づき過ぎた。これ以上近づいて踏み込まれたら……あの男は危ない。恐ろしいほど、危ない。理屈ではなく本能が、危険を知らせる。それは肌が粟立《あわだ》つような感覚だった。この肌がざわめく相手に久しぶりに出会った。江戸での穏やかな日々の中で、眠りこけていたものが目覚めようとする。清之介は、袖の上から腕を強く押さえた。覚醒してはならぬ。商人には用のないものだ。決して、蘇ってはならぬ。このまま、鎮まってくれ。

「信三」

「はい」

「おまえは、木暮さまが嫌いか？」

「嫌いです」

打てば響く答え方だった。商人は、人の好き嫌いをそう簡単に口にはしない。害こそあれ益のない行為だからだ。ましてや相手は、定町廻りの同心。睨まれれば商売にも影響する。そんなことなど、とっくに心得ているはずの信三が、にべもなく嫌いだと言い放った。それを咎める前に、問うてみたいと思った。

「どこが嫌いだ？」

さすがに口ごもり、それでも信三は正直に答えた。

「あの方は、蛇のようです」

「蛇？　それは、また、どうして？」

「わたしは、その……子どもの頃、蛇に嚙まれて死にかけたことがありまして。母親がとっさに毒を吸い出してくれて、一命は取り留めましたが、それから蛇は苦手で、道を横切っただけで怖気づくようで……あのお役人さまを見た時、何故か蛇を思い出して、ぞっとしました。こう、巻きついてくるような……」

蛇か、なるほど、上手い譬《たと》えだ。毒をたっぷりもった蛇。獲物に巻きつき牙を立てる。牙も頭も冴えて鋭い。狡猾、獰猛、執拗、そして慎重。ぴったりだ。笑い出しそうになる。

「信三。今、口にしたことは忘れるんだ。今後、木暮さまがいらした時には、丁重に……いや、ほどほどにおもてなしをするように」

「はい、心得ております」

信三が小さく洟《はな》をすする音がした。廊下は座敷よりなお、冷え込んでいるはずだ。清之介は腰を浮かせた。

「すまなかった。店に戻ろう」

「はい。そういえば、田の子屋から言付けがございました」

田の子屋は腕のいい蒔絵師で、遠野屋とは先代からの繫がりがある。今回は紅板など小物数点を注文してあった。その納期が、三日後に迫っているのだ。腕のいい職人にありがちな融通のきかない頑固さと気まぐれを田の子屋も色濃く有していて、自分が納得できないと、品物を渡さないことが度々あった。目の前で、できあがったばかりの品を粉々に砕かれたこともある。そういう時、田の子屋は尋常でない目の色をしていた。先代は、ムラのある仕事ぶりや気質を危ぶんで、田の子屋を抱え込もうとはしなかったが、清之介は奇矯な振る舞いより、その技量を選んだ。実際、田の子屋が納める品々はどれも見事で、文句の付けようのない物ばかりなのだ。

職人の狂気はよい。狂気と紙一重の矜持と意気込みが、見事な品を生み出す。そして遺す。田の子屋が死に、時が経ち、名前も存在も消え去ったとしても、その手になる品々だけは遺るのではないか。そう思う度に、羨望とも嫉妬とも畏怖ともつかぬ想いが体内を巡った。

信三が、自分の非であるかのように、声を潜めた。

「また、品物が……幾分、遅れるそうで」

「そうか」

紅板、紅筆、白粉刷毛、化粧小物入れ……このところ、携帯用の化粧道具がちょっとした流行《はやり》になっていた。紅花から作られた紅を厚板に塗り重ねた紅板は特に需要が多く、金地に珊瑚《さんご》などを嵌め込んだ嵌装《がんそう》もの、象牙の細工物といった高級品がかなり売れている。今回、田の子屋に注文したのは研切《とぎきり》蒔絵の品で、紅筆、紅板、刷毛の三点を揃えるつもりだった。

「遅れるものは仕方がない。田の子屋は急《せ》かして、どうなる職人でもないしな」

田の子屋に関しては、納期の大幅な遅れは織り込み済みだ。慌てることはない。

「はい。あれは、大橋さまの奥方さまからのご注文でございましたが、まだ、余裕はございますので」

「そうだ。年明けで充分に間に合う」

商い上の会話を交わしながら、清之介は障子に手を伸ばした。気配を察して、信三が廊下側から障子を開く。

ちりっ。

肌に痛みが突き刺さった。尖鋭な切っ先が掠ったような鋭い痛みが走る。目には捉えられず、形もない刃が襲い掛かってくる。

殺気。

廊下はまだ雨戸を閉めておらず、夜の中庭が目の前に広がっている。暗い。庭の隅にかき集められた雪の山さえ、闇に沈んでいる。先代からの慣わしで、遠野屋の奥向きは慎ましいものだった。惜しげなく灯りをともし、照らし出す店の内と違い、生活空間である奥の夜は暗い。信三が店から持ってきた手燭だけが唯一の灯りだった。

月の光さえない暗みから、殺気が刺さる。視線を、重圧を、鋭利な気配を感じる。とっさに屈みこみ、手燭の火を吹き消す。

「旦那さま、なにを」

「伏せろ」

「へ？」

「伏せろ。這い蹲《つくば》れ」

信三の頭を押さえ、そのまま庭に飛び降り、走る。あれほどの殺気が幻のように消えていた。気を増幅することも消滅させることもできる何者かがこの庭にいる。

指がひくりと動く。求めるように動く。求めている……剣をか。

敷き詰められた玉砂利の上で足が止まった。指を握りこみ、一歩、後ずさる。

留まれ。これ以上、進むな。引き返せ。おまえは商人だ。剣などいらぬ。下がれ。遠野屋の座敷に戻るのだ。

清さん。

おりんが呼んだ。

こっちへ来て。ほら、見て。いつの間にか桜の蕾《つぼみ》がこんなに膨らんでいるの。ねえ、こっちへ……。

もう一歩、後ずさる。足になにかが絡まった。いつ脱ぎ捨てたのか、自分の羽織だった。

構えを解く。無防備な姿勢で、清之介は土塀と植え込みの作る一際《ひときわ》濃い闇に向かい合った。

羽織に手を通し、手代を呼ぶ。

「信三」

「……はい」

廊下から、微かな返事があった。声が戸惑いに震えている。

「おみつから灯を貰って来てくれ。それから、雨戸を閉めて。店もそろそろお仕舞いの刻だろう」

「はい……旦那さま、いったい……」

「すまなかった。少し気が立っていたらしい。つまらない勘違いをしてしまった」

「しかし……あの……」

「信三。早く、灯を」

「あっ、はい」

信三の足音が遠ざかる。無防備な背面を晒し、清之介はさっき駆けた庭を座敷に向かってゆっくりと歩いた。

衝撃がきた。心の臓の裏側あたりになにかが激しくぶつかってきた。息が詰まる。しかし、振り向かない。膝をついてしゃがみ込みながら、清之介は前だけを見ていた。廊下の端で灯が瞬く。太り肉《じし》なおみつが足早に駆けてくる音がする。雨戸を閉める音がそこに重なる。

清さん。こっちへ来て。ほら、見て。いつの間にか……。

あそこに帰らねばならない。おりんと生きた場所に帰らねばならない。

戦ってはならぬ。殺気など感じてはならぬ。おれに、それができるだろうか。おれはどこまで……どこまで商人になりきれる……。

立ち上がろうとする。再び衝撃が来た。肩口に、鋭利な先端が突き刺さる。今度は感覚だけではない、形あるなにか、細い針のようなものが肉に食い込んだ。

愚か者めが。

抉《えぐ》るように凶器は肉の中で一回転し、引き抜かれた。激痛が身体を真っ直ぐに貫く。

逃れられぬわ。どう足掻いても、逃げられはせぬ。

振り向きはしない。抗うことも、反撃することも、呻くことすらしない。ただ焼け付く痛みを受け止める。熱い流れが腕を伝い、指先から雫となり滴り落ちた。血の匂いが鼻腔に広がる。

毒が塗ってあったらなんとする。三日三晩、苦しみぬいて死ぬか。

「おまえが、おれの女房を手に掛けたのか」

微かな笑い声が揺らめいた。

すっかり商人気取りだな。手塩に掛けて育てた子の、この有様を見たら、親父殿がさぞや悔しがるであろうよ。

その声はふいに低められ、囁きに変わる。痛みではなく、囁きに身体が痺れる。

諦めろ。人はどう足掻いても、定めからは逃れられぬものだ。

「旦那さまっ」

おみつが大声で呼んだ。背後の気配が掻き消える。

「どちらにいらっしゃいます。旦那さま」

「ここだ」

肩を押さえて立ち上がる。血が流れ、滴り、砂利の上に染み込んでいるだろう。足の先に硬い物が触れた。先ほど背中にぶつかってきた物だ。拾い上げる。

「旦那さま」

駆け寄ってきたおみつが手燭を翳し、あらと訝しげな声を上げた。

「旦那さま、それは？」

「下駄だ」

「下駄……」

「そう、おりんの下駄だ」

「おじょうさまの」

二十年ちかく遠野屋に奉公しているおみつは、おりんのことをいつまでも、おじょうさまと呼んでいた。呼ぶ度に、おりんに注意されていたが、ついに直らぬままだった。

「おじょうさまの下駄が何故……」

確かめようと手燭を清之介の手元に近づけたとたん、おみつは悲鳴を上げた。

「旦那さま、血が！」

血に塗れた手で黒塗りの下駄を握り締める。

おりんの下駄だ。やっと返ってきた。

祝言の次の年、顔なじみの下駄職人に頼んでこしらえた物だった。材質も塗りも鼻緒もおりんが選び、一生物だと喜んでいたことを覚えている。質素な生活の中で、おりんの白い素足と黒塗りの下駄は、艶やかな飾り物のように目に映った。

やっと返ってきた。

目を閉じる。返ってきたのではない、挑まれたのだ。女房を殺した証を亭主の背に投げつけた。

おれはおまえの女房を殺した。おまえはおれが殺せるか。

冷酷な挑戦と誘いだ。

どう足掻いても、逃げられはせぬ。

あれは誰の声なのか。他人のもののようであり、自分のもののようであり……自分のもの、己の胸奥にずっと蹲っていた声なのだろうか……ゆっくりと振り向いてみる。闇と真冬の凍てつく風だけがそこにあった。

「そこの、井戸の近くで」

新吉が指差した家からは、仄かな灯りが漏れている。

「誰かいるのか？」

まさか弥助が帰ってきたわけでもあるまい。伊佐治は、九尺の間口から漏れる灯りに目を細めた。さっき、遠野屋の店先から路上に零れ落ちていた灯りの華やぎに比べると、なんとも侘しい。

「お絹って娘が来てます」

「菊川町に嫁に行ったたって娘か」

「へえ。菊川町の桶屋の女房です。ついさっき来て、なにやらごそごそやってるんで」

信次郎が、チッチッと舌を鳴らした。

「中を勝手に引っ掻き回されちゃあ、面倒だな。親分」

「へい」

伊佐治の目配せを受け、新吉が俊敏な動きで前に出た。

「ごめんよ」

一声掛けるやいなや、腰高障子を開ける。女の小さな悲鳴が聞こえた。

「おい、なにをやってんだ」

「そっちこそ、誰だい。こんな時間に他人の家に入り込んで、出てっておくれ」

お絹というのは、なかなかに気の強い女らしい。新吉相手に臆する様子もなく、言い返している。伊佐治は一歩、中に踏み込み眉をひそめた。顎の尖った小柄な女が枕屏風《まくらびょうぶ》の前で新吉に手を摑まれている。隅にある行李のふたが開けられ、茶簞笥の引き戸も半分しか閉められていない。

「なにすんのさ、離してよ」

女が腕を振り解こうと暴れる。猪牙舟の船頭をしている新吉はびくともしなかった。

「お絹さんだね」

「そうだよ。離して、離せったら」

伊佐治が顎をしゃくる。お絹の腕を離し、新吉は僅かに後に下がった。

「お絹さん、あんたここでなにをしてたんで？」

鼻から息を吐き、お絹は新吉の顔を睨《ね》め付けた。伊佐治を岡っ引と察したのか、悪態はつかない。髪を撫でつけ、えりもとを直す。

「ここは、あたしのおとっつぁんの家ですからね、なにをしてたっていいでしょう」

「そのおとっつぁんが、行方知れずだ。心配じゃねえのか」

「心配ですよ。心配だから、こうして様子を見に来たんじゃないですか」

信次郎が戸口から声を掛ける。

「なにを心配してんだい？　おとっつぁんの命か貯めた金子か？」

まっ、とお絹が目を見張った。

「いくら、八丁堀の旦那だって言っていいことと悪いことがありますよ。おとっつぁんは、あたしのたった一人の親なんだから……親なんですからね……」

お絹の両眼に涙が盛り上がり、こけた頰の上を転がる。

「心配で、心配で、じっとしてられなくてやってきたってわけか。見上げた孝行娘じゃねえか。誉めてやるぜ」

雪駄のまま上がり込み、信次郎はお絹の前に膝をつくと、えりもとに手を差し入れた。とっさの早業に、お絹は声も立てられなかった。ぽかんと口を開けて、信次郎の手先を見つめている。

お絹の胸から抜き出した巾着を手のひらに乗せて、信次郎はにやりと笑った。

「かなりの重さだな。しかもきれいな音がするじゃあねえか。小判が二、三枚は入ってる音だ。おとっつぁんが、こつこつ貯めた金をあんたの乳で大事に温めて、雛でも孵《かえ》すつもりだったのかい」

「返して」

我に返りお絹が喚く。

「なにすんだよ。おとっつぁんの金なんだから、返して、返せったら」

「返してやるとも」

信次郎は、お絹の胸に巾着を突っ込むと今度は、ゆるりと手を抜いた。

「身体のわりに、いい乳をしてるじゃねえか」

「まっ、なにを……」

お絹は顔を赤らめ、身を引いた。

「さてさて、孝行娘は親父の荷物を引っ掻き回して、銭を探し出した。弥助が金を貯めてたのを知ってたわけだ」

「知ってましたよ。何度か聞かされてましたからね」

お絹は、えりもとを引き寄せるとあっさりと答えた。覚悟したのか、開き直ったのか、背筋を伸ばし、姿勢を正す。そうすると、さっきまでの蓮っ葉な雰囲気は消えて、職人のおかみらしい、きびきびした目の色が現れた。うっすらと紅みを帯びた目元に、仄かな色気まで漂う。

まったく、女ってのは、みんな化け物みてえに、怖えもんだ。

伊佐治は、お絹から視線を逸らし、僅かに首を振った。

「金を貯めてるって、あんたに言ってたのか？」

信次郎といえば、女の恐ろしさにも色気にも頓着せず、お絹を問い質《ただ》している。お絹も要領よく答えを返す。頭の良い女なのだろう。

「そうですよ。おとっつぁんは持病の癪《しゃく》があったし、このところ、めっきり老け込んじまって……これ以上歳を取ったら、商売ができなくなるって、いつも心配してました。もちろん、あたしは面倒みるって言ったんですけど……その度に、おめえに迷惑を掛けないように金を貯めてるからって……」

「ちょっと待ちな。弥助は癪もちだったのか」

「若い頃の無理がたたって、ときどき、腰にさしこみがくるんですよ。一時は酷くて、脂汗が出るぐらい苦しんでました。でも、このところ、調子は良かったみたいです。良いお医者さまに出会って、痛みを止める薬を調合してもらったって、いつか喜んでました。ただ、今度は心の臓の具合が悪いって、息が切れるってぼやいてましたけど」

裏店住まいの老人が、曲がりなりにも医者にかかれるほどの金を貯めていた。薬礼が払えるだけのゆとりがあったのだ。それは、道楽もなく、賭けごとにも一切手を出さなかったという弥助の堅実で慎ましい生活の証ではないか。

「弥助の癪ってのは、季のもんか？」

「そうですね。寒いと応えるみたいで、この時期は辛いってぼやいてました」

「どこにある？」

「え？」

「薬だよ。辛い時期なら薬を貰ってたんじゃねえのか」

「薬……」

「煎じ薬か、丸薬か、粉か、おまえさん、親父の飲んでいた薬を知ってるか」

「いえ……」

お絹の顔に戸惑いが広がる。信次郎が音高く舌を鳴らす。

「親父の金は気になっても、辛気臭え薬なんぞは、とんと興味もねえってわけか。てえした孝行娘じゃねえか」

露骨な揶揄にお絹の顔が強張る。信次郎は身体の向きを変えると、古ぼけた行李の中を探し始めた。何箇所も継ぎ当てをされた股引やはぎれが、きちんと畳まれていた。そのはぎれの下に、紙切れが数枚やはりきちんと畳まれて、しまいこんであった。伊佐治がにじり寄る。

「薬の包みで？」

「らしいな」

信次郎は紙の匂いを嗅ぎ、眉を寄せ、黙って伊佐治に手渡す。伊佐治も鼻を近づけてみた。ほんの微かにだが乾いた草のような匂いがした。

「包みだけじゃ、薬の中身まではわからねえな」

信次郎が、ふっとため息をついた。

「旦那、弥助の薬のことが気になるんで？」

「ああ」

「どうしてです？」

「わからねえ」

それこそ苦い薬湯を呑み込んだように、信次郎の表情が歪む。

「わからねえ。だけど、引っ掛かるんだ。なんでだろうな。くそっ、喉まで出かかってるのに」

伊佐治は黙っていた。こういう時は、刺激せず、信次郎の内から湧くものを待つのだ。ただ待つ。この若い同心の直感や思慮が並でないことだけは長い付き合いで、知り抜いている。

何気なく、行李の底を探っていた手が止まった。

「旦那!」

叫んでいた。

「旦那、これを」

紙包みだった。受け取り、信次郎が包みを開ける。ミミズののたくったような文字は、かろうじて「あいのふ」と読めた。藍の斑。

「朝顔の……」

「ああ、朝顔の種だ。また出たぜ、親分」

伊佐治は、座ったままのお絹に包みを差し出した。

「弥助さんは、読み書きができたのかい?」

「はい……なんとか」

「この手跡は、弥助さんのものに間違いねえかい」

「間違いないと……思います。おとっつぁん、朝顔が一等、好きですから」

「朝顔が?」

お絹がうなずく。

「とっても、好きなんです。よく、朝顔売りから買ってましたよ……子どもの頃、朝顔市に連れて行ってもらったこともあって……おれは夜の商売だけど、花は朝一番に咲くやつがいいなんて……人もいっしょだから、できるなら、お天道さまの下で暮らせよって……あたしがお嫁に行く時に、そんなこと言ったりして……」

お絹ははらはらと涙を零した。まやかしではない。芝居でもない。嗚咽を伴う本気の涙だった。

「親分さん、おとっつぁんは、おとっつぁんは帰ってきますね。死んでなんか、いませんよね」

生きてはいまい。弥助が生きてここに帰ることは、まず、あるまい。ほとんど確信のようにそう思った。

お絹が、泣き伏す。伊佐治は小さな花の種を握り締めた。

その夜、稲垣屋の手代、松吉が伊佐治の元を訪れたのは、まもなく木戸も閉まるという刻だった。

おふじの淹れた熱い茶をすすり、松吉はやや早口で話す。聞きながら、伊佐治は何度か唾を飲み込んでいた。

「稲垣屋さんが裏木戸のあたりで誰かと話をしていた。そりゃあ、確かなことなんですね、松吉さん」

「へえ。そう言ったのは、お佳代《かよ》って通いの女中なんですが、まだ若くて目も耳もしっかりしていますから、間違いないと」

「で、その相手の風体は？」

「それが……お佳代の話では、木戸の陰に隠れるようにして話していたので、はっきりとは……ただ、お偉い人らしいと思ったとお佳代は申しております」

「お偉い人？　そりゃあまた、どうして？」

「主が頭を下げていたそうです。何度もお辞儀をしていたと」

「同じ身分の者じゃねえと……例えば、お武家さんとか、ですかい？」

「さあ、そこまでは。お佳代も自分の仕事があるものですから、すぐに引っ込んだということで、詳しいことはわかりません」

「そうですかい」

伊佐治は腕を組んだ。あの日、稲垣屋に接した誰かがいた。そのとき、おりんの下駄を理由に稲垣屋を脅し、夜、闇の中に誘い出したのだ。

「それと……」

松吉が言い難そうに、顔を歪めた。

「店の売上が、十両ほど足りません」

「十両、ですかい。稲垣屋さんが持って出たんですね」

「そうとしか、考えられません」

十両。大金ではあるが、稲垣屋の身代からすれば、なにほどのこともない額だろう。強請られて払う金子としては、ほどほどかもしれない。十両とおりんの下駄を持って来い、そうすれば、全てなかったことにしてやる。そう言われるままに、稲垣屋は金子と下駄を抱いて夜の道を歩いた。金さえ渡せば、ことが済む。稲垣屋は信じていたのだ。下駄だけならその場で返しただろう。しかし、店の者に気付かれないように十両用意するなら、夜、商売が引けてからの方が、都合がいい。だから……。

残酷で抜かりのない網に稲垣屋は捕らえられたのだ。そして、殺された。

伊佐治は、小さく身震いした。自分自身が蜘蛛の巣にかかった哀れな蛾のように思えた。

林町三丁目喜兵衛店の店子弥助の死体は、翌日の早朝、弥助を探し回っていた伊佐治の手下によって、六間堀にかかる北の橋近くの叢《くさむら》で発見された。報《しら》せを聞いて伊佐治が駆けつけた時、弥助はすでに、森下町の北方の自身番に運ばれていた。信次郎が、一足先に着き、そう命じたのだ。伊佐治が自身番の戸を開けた時、筵をかぶった弥助の周りには、行灯が幾つもともされ、煌々と明るかった。それは、深夜の町を風鈴を鳴らしながら歩き回って一生を終えた夜鷹蕎麦売りの男が、ついに一度として経験することのなかった眩しさではなかったのか。

「遅くなりやして」

息を弾ませ頭を下げる伊佐治を目で促し、信次郎は無言で筵をめくった。

「う……」

伊佐治は思わず顎を引いていた。

「これは、また……ひでえ」

惨《むご》たらしい死体だった。弥助の身体には幾つかの傷が深く刻まれていたのだ。肩口から脇腹に一本、交差するようにやはり肩口から脇腹に抜ける傷が一本、真一文字に腹も割かれている。

「いずれも一息に斬り捨ててある。稲垣屋と同じ、なかなかの手だれの仕業だ」

「なんのために。弥助はただの蕎麦屋の爺ですぜ。なんで、こんな殺し方をしなきゃなんねえんで」

「おれに答えられるぐれえなら、朝っぱらからこんなとこで、不味《まず》い茶なんか飲んでるかよ」

「だって、これじゃあ、まるで……」

「まるでなんだ?」

「試し斬りじゃねえですか」

人一人、絶命させるには肩から斜めに斬り下げた袈裟懸けの傷一つでこと足りる。充分だ。最初の一刀で弥助は丸太のように倒れ、そのまま動かなくなったはずだ。断末魔の声すら上げられなかったろう。それをさらに、斬り裂くとは……。

「試し斬りか……まったくな、ことがこの死体だけなら、それで頷ける。頭のいかれたやろうの仕業としか思えねえ」

「そうなんじゃありませんか。稲垣屋も弥助も、そいつに……」

「おりんは、どうする」

信次郎の声には鞭打つような険しい響きがあった。

「全てはおりんの身投げから始まってる。頭のいかれたやろうだけじゃ、どうにも説明できねえ。それに弥助は斬り殺されたんじゃねえらしいぜ、親分」

「は?」

「傷口、よぉく見てみな」

伊佐治は屈みこみ、弥助の胸に顔を寄せた。傷を手で触る。それからぼろきれのようになった着物を調べる。

「どうでえ？」

「へぇ、これだけの傷にしちゃあ、血の出方が少ねえようにも思いますが」

「だろう。なんでだと思う？」

伊佐治は首を傾げた。答えは一つだけ頭の中にある。しかし、あまりに浮世離れしていて、口に出すのは憚《はばか》られた。

「言ってみなよ、親分。たぶんそんなに的は外れてねえぜ」

「しかし、そんな……」

「そうだよ。弥助は斬られた時、すでに死んでたんだ。人は息が止まって暫《しばら》くすりゃあ、血が固まり始める。斬られても、生きてる時ほど、血は流れねえもんだ」

「だけど、旦那、そんなことってあるわけねえでしょ」

「そうかい」

「なんのために、弥助の死体を切り刻まなきゃあならねえんで。第一、斬られたんじゃなければ、弥助はどうして死んだんですかい」

「だから、それに答えられるぐれえなら、不味い茶なんて飲んでねえって……ともかく、弥助が斬られる前に死んでいたなら、死に場所は北の橋の袂じゃねえ」

「どこかで殺されて、捨てられた。昨夜は、六間堀のあちこちをあっしの手下が走り回っていたはずです。そうだな、新吉」

伊佐治は横に控えていた新吉に顔を向けた。新吉は口を真一文字に結んだまま、頷いた。

信次郎が身を乗り出す。

「北の橋の様子は、どうだった？」

「へい、弥助を見つけたのは、勝市って男です。そいつが言うには、見つけたのは木戸が開いてすぐ、明け六つの頃だそうで。その前、夜九つあたりに北の橋の袂で、夜鷹蕎麦を食ったときは、なにもなかったと言ってやす」

「夜九つっていやあ、真夜中だぜ。叢に死体が転がってても見えねえだろう」

新吉にかわり、伊佐治が答える。

「勝市は夜目がきくんです。夜の探索のときは、かなりの助っ人になりやす。勝市がなかったといえば、夜九つには弥助の死体は、北の橋にはなかったと考えて、差し支えねえでしょう」

「そうか……夜九つから明け六つまでに誰かが、弥助の死体を運んで捨てた……しかも、親分の手下の目を潜《くぐ》ってだ」

「弥助が殺された場所は、ここからそう遠くねえってことですか」

「そうだろうな。天狗でもねえかぎり、しなびた爺とはいえ、死体一つ担いで、誰の目にも留まらず、うろうろするなんぞ至難の業だ。あたりを窺い、人気《ひとけ》のないのを見定めて捨てる。それができるくらいの近場じゃないのか」

音を立てて茶をすすり、信次郎は大仰に顔をしかめた。

「まったく、苦え茶だぜ」

「旦那」

「なんだ」

「遠野屋は、どうでござんしょうね」

「遠野屋？」

「へえ、遠野屋から北の橋まで、わりに近いと思いやすが」

「遠野屋を疑ってるのか？」

「いえ。わりに近いと思っただけで」

近いと思っただけだ。遠野屋が弥助を殺ったなどとちらりとも考えてはいない。しかし、この事件の核にいる男のすぐ近くに、死体が一つ、転がっていた。偶然ではあるまい。なにかあるはずだ、なにか。

信次郎と目が合う。いつもと変わらぬ無表情に近い顔つきの中で、両の眼だけが微かに血の色を含んでいる。昨夜、一睡もしていないのだろう。腕を組んだまま、思いに沈む姿が浮かぶ。

なにかある。なにかが必ず。

冷静に思索しようとする頭脳と焦れる心が交錯し、せめぎ合い、この若く、若さのわりには白々と冷えた同心を一晩、眠らせなかったに違いない。

さて、それならと、伊佐治は自分の腕を軽く叩いてみた。

あちらの男は、遠野屋清之介は、どんな一夜を過ごしたのか。

遠野屋の店には、源蔵を張り付かせていた。なにか動きがあれば、知らせてくる。そして、なにか動きがあったのではないか。岡っ引の勘がそう語っていた。

ふいに、信次郎が下卑た笑みを浮かべた。

「お絹は、親父が死んだと聞かされて、ぶっ倒れたとよ。乳もでけえし、気も強えが、やっぱり応えるらしいや」

「乳の大きさは関係ねえでしょうが」

「まあな。けど、本当に形の良い、持ち応えのある乳だった。もう少し揉んでやりゃあよかった」

信次郎の片手がぶらりと左右に揺れる。

「旦那、こんな時に乳の話なんかするもんじゃありやせんよ。それより、お絹に親父のこのありさまを見せるのは酷だ。着物ぐれえ、着替えさせてやっちゃどうでしょう」

「さすが、仏の伊佐治親分だ。構わねえよ。好きにしな。けど、もう強張っちまってるからな、かなり難儀だぜ」

欠伸一つ漏らすと、信次郎はごろりと横になり、目を閉じる。書役の老人が迷惑そうに眉をひそめた。

「親分」

呼ばれて伊佐治は、膝をついたまま、

「弥助の傷は、どれもほぼ同時につけられたもんだろうな」

「へえ。血糊の乾き具合から察するに、そうだと思いやす」

「この傷は命取りでなかった。その前に、死んでんだからな。念のために調べたが絞められた跡も毒を盛られた様子もねえ」

「て、ことは……」

「弥助は心の臓が悪かったと、乳のでけえ娘が言ってたよな」

伊佐治は、自分の口がだらしなく開くのを感じた。

「弥助は、心の臓の発作で死んだと言うんですかい」

「わからねえ。ただ、それなら……」

横になったまま、信次郎は腕を伸ばし、一本ずつ指を折った。

「おりんが身投げ、稲垣屋が斬り捨て、弥助が病死……となりゃあ、それこそ小間物問屋じゃねえか」

「小間物問屋？」

「人の死に方の小間物屋さ。色とりどり、ずらりと品揃えがございます。お好きなものをお選びください。まるで、見本市みてえだ」

「人の死に方の……見本市ってわけで」

「人の殺し方の見本市さ」

口を閉じ、唾を飲み込む。信次郎は感情のこもらない淡々とした口調で続ける。ほとんど独白に近かった。

「試してやがるのか」

「試す？　なにをです？」

「自分の力をさ。どのくれえの殺り方を使えるか、試している……」

「まさか、そんな……そんな、それじゃまるで合巻《ごうかん》ですよ。旦那、これは、あっしたちの目の前で起こったこと。浮世のできごとでござんすよ」

「そうさ。現のことだ。現の方が、読本《よみほん》よりずっと奇異ってこともある……のかなぁ」

信次郎の語尾が珍しく濁る。それは若さに釣り合った戸惑いを含んでいるようで、伊佐治は目を瞬いた。そうかもしれない。いや確かにそうだ。生きてこの世にあるということは、奇異なものなのだ。人の一生を人は決して見通せない。定まったものなどなに一つないのだ。生きていれば、その中途で弥勒に出会うことも、妖魔に憑かれることもある。遠野屋は、すでに知っている。そして、目前のこの若い男は、風に季節の香を嗅ぐように、今、ふっとそのことに気が付こうとしているのかもしれない。

人の一生を誰も見通すことなどできないのだ。

「そうかもしれやせん。浮世の先は誰にも読めやせんからね。読んだつもりが、とんでもねえどんでん返しにあったりします。誰も、読めやしねえ。天子さまだって公方さまだって、この事件の下手人だって、同じでしょうよ」

「そう思うか？」

「思いやす。旦那の言う通り、この下手人が人の殺り方をずらりと、おれたちの鼻先に並べてえのなら、弥助の場合はしくじった。どういう手落ちがあったのかわかりやせんが、つけなくてもいい刀瑕《かたなきず》をつけてしまった」

ふふっと、信次郎が笑う。舌の先が覗き、口の端を舐めた。

「それよ。もしかして、これがこいつの最初の躓《つまず》きかもしれねえ。逃がす手はねえぜ」

「へい。で、どう動きやす」

「朝顔だ。このあたりに絞って、朝顔の見事に咲いていた家を探しな。庭があり、竹垣がある。しかし、それほど大きな構えじゃねえ。死体一つ、隠し続けられるほどの庭や離れがあるほど広くはない。しかし、ほどほどの広さ……小間物問屋の女房や夜鷹蕎麦の爺が出入りしても、そう見咎められねえような家、それを探し出すんだ」

「わかりやした。必ず見つけ出してみせやす」

「頼んだぞ。金ならある。手下を残らず使え」

「へい。おまかせくだせえ。それにしても、旦那」

「うむ？」

「退屈している暇なんて、どうにもありませんぜ」

「ふふっ、まあな」

その時になって、伊佐治はやっと昨夜の松吉のことを思い出した。手短に説明する。信次郎の表情はさして動かなかった。

「なるほどな、稲垣屋を呼び出したのが武士だとすれば、あの斬り口も納得がいく。いや、呼び出した先に待っていたということもあるか……どちらにしても手だれの武士が一枚嚙んでいる」

「へえ。それなら……おりんの下駄のことを知っているお武家というと」

「おれか？」

「まあ、一番、手っ取り早いのは旦那ですが」

「おれだって、仕事はしてるんだ。稲垣屋の件だって、ちゃんと報告してる。役所にいる連中なら、様子を摑むのは簡単だ」

「下駄のことまで、頭が回りやすかね」

「親分、おれをとことん下手人にしてえわけか」

苦笑を浮かべ、信次郎が肘《ひじ》をついて起き上がろうとした時、戸が勢いよく開いた。源蔵が息を乱し、強張った表情で立っている。伊佐治は思わず腰を浮かせた。

「源、どうした」

「親分、遠野屋がやられました」

「なに」

刀を摑み、信次郎が飛び起きる。顔面からみるみる血の気が引き、眼の赤みをさらに引き立てた。

「あやつが殺されたと」

「いや……あの、こっ、殺されちゃあおりません。けど、怪我をしたみたいで」

信次郎の剣幕に押され、源蔵が後ずさる。信次郎は一足飛びに源蔵の前に立つと、胸倉を締め上げた。

「しゃきしゃき、しゃべれ。遠野屋が襲われたのか」

「へっへえ。襲われたかどうかは……今朝、主人の姿が店先にねえもんで……いつもは、店を開ける明け六つには、姿が見えるんですが……旦那、てっ、手を離してくだせえ」

奥歯を噛み締め、信次郎はえりもとを離した。

「ともかく、遠野屋は死んじゃあいねえんだな」

「生きてやす。通いの女中から聞き出したところでは、昨夜、遠野屋の主人が怪我をして、ちょっとした騒ぎになったとか」

「医者は？」

「出入りしたふしは、ねえです」

「医者を呼ぶほどの傷じゃなかったたってことか」

「女中の話では、そこまでは探れやせんでした。ただ、あの、あっしが思うには……あの主人が店に出てこられねえほどの傷なら、かなり深えと……」

信次郎は、源蔵の顔から視線を逸らし、深く息を吸い込んだ。それは、昂《たかぶ》った感情を鎮めるための所作だったのか、腰に刀を落とし差しにすると、振り向き、いつも通りの口調で言った。

「遠野屋に行くぜ」

「へい」

「さっきのこと、すぐに手を打ってくれ」

「心得やした」

まったく、先のことはわかんねえもんだ。

呟き、信次郎は駆け出していた。


微熱がある。身体全部がじとりと濡れて重い。肩口の疼きが漣《さざなみ》のように身体の中に広がる。耐えられぬほどのものではない。しかし、疼き続ける痛みは、思考を妨げ、気を挫《くじ》く。

脆《もろ》くなったものだな。

痛みにも、苦痛に耐えることにも、脆くなった。自らの肉を断らせて相手の骨を断つことにも、心を僅かも乱さず止めを刺すことにも、瞬時の隙をついて、急所を抉ることにも、脆くなった。もう、できまい。人というものと結びついた時、人はここまで脆くなる。己の脆さに、思いを馳せる。脆いことへの危惧も恐れも焦りもなかった。むしろ、慈しみに近いものが込み上げてくる。己の脆さが愛しい。おりんという女が、ここまで自分を脆くしてくれた。

夜具の上に座したまま清之介は、火鉢の中で時折火花を散らす炭火を見るともなく見ていた。さっき、おみつが熾《おこ》していってくれたものだ。

「頼みますから、じっとしていてください。熱が引くまで寝てなきゃいけませんよ」

奉公人というより、息子を叱る母親の口調でおみつは、言った。信三も、医者にかかるようくどいほど繰り返している。番頭の喜之助さえ、今日はわたしが外回りに出ますからと申し出てきた。誰もが主人のことを案じ、支えようとしている。それをひしひしと感じる。自分を中心として、遠野屋という小さな集まりが纏《まと》まり、前に進もうとする潮流を感じるのだ。

「おまえさまなら、直《じき》に一人前の商人になれる。わたしは、わたしの持っているもの全部をおまえさまに託すつもりだ」

おりんとの祝言が決まった夜、先代は清之介と二人、酒を酌み交わしながら静かに告げた。

「わたしが、一人前の商人になれましょうか」

「おまえさまなら、なれる。わたしの目は節穴じゃないからね。清之介さん、一人前の商人ていうのはね、金儲けが上手いだけの守銭奴のことじゃない。人がどのくらい本気で仕えてくれるか、どのくらい心を寄せてくれるか、その力量のある者のことだ。人の心の通わない商いは、一時の徒花《あだばな》でしかないんだよ。おまえさまなら、遠野屋の商いに心を通わせてくれる。本物の根を張らせ、実をつけてくれる。わたしには、わかりますよ。主人を守り立てて、丁稚、小僧に至るまで皆、本気で励んでくれるはずだ」

杯を置いて、先代は婿になる男の前に両手をついた。

「清之介さん、どうか遠野屋を、そして、なによりおりんのことをよろしくお願い申します」

死病にとりつかれ、すでにやつれの見え始めた顔に清々しい笑みを浮かべたあの夜の義父のことを、一日たりとも忘れてはいない。

お許しください。

仏壇にともした線香の香が漂ってくる。

あれほどまでの恩義を受けながら、報いることができなかった。こうも易々とおりんを奪われてしまった。

ずくり。

傷が疼く。どうすると、問うてくる。

清弥、いかがする。

指がひくりと動いた。

斬れ。

命ずる声がする。

斬り捨てよ。

それは、地虫の声に似て、足元から這い登ってくる。その声に従って、初めて人を斬った。十五の歳、蒸し暑い夏の夜だった。最初に手にかけた相手の顔も名も知っている。しかし二人目からは、なに一つ知らぬままだった。

二人目の相手が武士であったということ、微かに酒の匂いをさせていたこと、堂々たる体軀の男であったこと、わかったのは、それぐらいのものだ。男はかなりの身分のようだったが、供を連れず、無紋の提灯を下げていた。闇の中から音もなく滑り出た刺客に、怯むことなく恫喝を浴びせる。それは、高位の者の支配するに慣れた口調だった。

「狼藉者、控えい。わしを――」

みなまでは言わさなかった。相手が提灯を投げ捨て、刀の柄に手をかけた時、清弥の剣先は、すでに着流しの腹を一文字に割いていた。手のひらに肉の手応えを受け止め、一息にはらう。ぐわぅっと野獣に似た声を上げ男が倒れる。痙攣する身体に止めを刺し、初めて大きく息をついた。気息に乱れはない。それが誇らしかった。やるべきことをやったにすぎぬ。父の命ずることを果たした。まだ成熟の中途にある若い心は仄かな達成感さえ覚えていたのだ。

父親宮原中左衛門忠邦《ただくに》は、藩内でも一、二を争う名門でありながら愚昧《ぐまい》な当主が続き零落の度を極めていた宮原家を、藩政の中枢に返り咲かせた人物である。才気と豪胆な気質を藩主に愛でられ、用人という役職以上の力を隠然と有する者でもあった。

忠邦には、清弥を含め三人の息子がいた。長子は夭折し、次子の主馬《しゅめ》が家禄を継ぐことになっている。清弥より七歳年長の兄は、一年の内の三月《みつき》は床に臥せっているほどの虚弱な体質ではあったが、その体質とともに聡明で物静かな気質を、若くして他界した母から受け継いでいた。

三人の息子といったが、忠邦は清弥を正式には血の繋がった息子として、扱ったことはなかった。公的な届けも出していない。

清弥は妾腹の子であったが、忠邦ほどの地位にいれば、妾腹の子など誰に憚ることもない。しかし、清弥の場合、我が子と認めるに憚られるほど、母親の身分が卑しかった。生まれてすぐ生母から引き離されたのも、そのせいだろう。行きずりの大道芸人の女だったとも、夜な夜な春を鬻《ひさ》ぐ遊女だったとも、物乞いの群れにいた年若い狂女だったとも、さまざまに聞いた。忠邦には、下賤と蔑まれる女を好む性癖があったのだ。そういう女を慈しんだわけではない。ただおもしろがり、一時の快楽に閨に引っ張りこむだけだ。房事の後、なんの落度もないまま、忠邦の気まぐれで斬り捨てられた女が何人もいたと、これも誰かから聞かされた。清弥の母もそういう女の一人であったらしい。子を生んですぐ、始末された哀れな女であったのだ。

「あなたさまを取り上げられるとわかった時、泣き叫んだのです。赤子を連れて行かないでと、それはもう大声で……それが、殿様のご勘気に触れて……よくぞ、あなたさまはご始末されなかったものです。殿様のお気紛れとしか言いようがございませぬ。ほんに運がようございました」

清弥を育ててくれた、すげという台所付きの老女は、毎年、清弥の生まれた月になると同じことを繰り返し、時に身を震わせた。

辣腕の治者という顔の裏側に、忠邦はそのような狂気を潜ませていたのだ。しかし、清弥の才を見抜き、剣を教えたのも忠邦本人だった。忠邦自身、若い頃剣名を知られたかなりの剣士であったのだが、その血が気紛れに生き延びさせた子に濃く継がれていると知った時、忠邦は迷うことなく、当時まだ幼名で呼ばれていた我が子に白刃を握らせた。一室に閉じ込め、闇の中に座したまま、一晩中、闇を凝視することを命じた。屋敷内の武芸場で自ら剣の手ほどきをした。それまで、自分を一顧だにしなかった父と、奇妙で変則的ながら濃密な時間を過ごせることに、清弥は満たされ、命ぜられるままに身体を鍛え、技をみがいた。忠邦が、なにを思い、なにを謀っていたか、思い至ることなどできなかった。

十五の夏、路上で武家を斬り捨てる二日前、清弥は父の座敷に呼ばれた。雨が降っていた。激しい雨に風がくわわり篠を乱していた。

廊下に跪いた清弥に、忠邦は障子越しに短く問いかけた。

「そなた、幾つになる」

「はっ、十五に相成りましてございます」

「十五か」

暫くの沈黙の後、障子に映った影がゆらりと揺れた。

「清弥、そろそろ役に立て」

「はっ」

「藩のおためだ。尽くせよ」

「はっ」

尽くせという意味がただの奉公を指しているわけでないことは、充分、承知していた。承知の上で、頷く。

「これをつかわす」

障子が開き、黒蠟色塗りの鞘に納まった一振りの剣が差し出された。両手で受け取る。

「銘はない。しかし、逸物じゃ。腰の飾りではなく斬るためのな」

背後に雨の音を聞きながら鞘から抜いた刀身は青白い光を帯びていた。月の光も行灯の灯りも届かない場所で、仄かに青く浮き出る。悪寒が背筋に走った。

これは、確かに斬るためだけに在るものだ。

「逸物じゃ。この太刀《たち》もそなたも……しかし、それは試さねばわからぬことやもしれぬ」

忠邦は立ち上がり、清弥を見下ろした。俯いた清弥の目に、足袋の先だけが見える。

「すげを斬れ」

頭上からの声に、思わず顔を上げる。

「すげを……でございますか?」

返答の代わりに、目前で障子戸が閉まった。すげは春先から体調を崩し、台所傍の一室を与えられて臥していた。老齢による衰えが激しく、夏を越すのは無理だろうと医者から言い渡されている。宮原の家で、清弥を人として扱い、それなりに大切にしてくれたのは、すげと兄の主馬だけだった。生涯嫁がず、子も成さなかったすげは、棄児に等しい赤子を不器用ながら懸命に育ててくれた。すげの萎びた乳房を触りながら、眠りについた幾夜があったのだ。

主君のお側衆に上がったばかりの主馬は、腹違いの弟を疎むことも、忌むことも一切しなかった。むしろ、近づけ、兄弟の関わりを重んじているように振る舞った。

「おれもおまえも、母がいないではないか」

手製の釣り道具を肩に掛け、岨道《そわみち》を歩きながら兄に言われたことがある。ずっと昔のことだ。

「母がいないことが、どういうことか、おまえとなら話ができる」

「しかし……」

清弥は目を伏せる。そのころには、すでに自分の出自について、散々聞かされていたのだ。

「わたしと兄者とでは……違いましょう」

「どう違う？」

「兄者は、ご正室のお子でございます」

からからと主馬が笑う。痩せた体軀にそぐわぬ豪快な笑いだった。それは、釣り糸を渓流に垂らしてからも続いた。

「なにがそんなに、おかしいのです」

さすがに腹が立って、少しぞんざいな口調になる。

「兄者に、そこまで笑われるほど、間抜けたことを申しましたか」

「許せ」

主馬は、あっさり謝った。磊落《らいらく》な性質でもあったのだ。許せと謝った後、ふいに砕けた物言いになり、「なぁ、清《せい》よ」と兄は弟に呼びかけた。

「おまえ、囚われ過ぎじゃないか」

「わたしが？　なにに？」

「いろんなことにさ。おっ」

主馬の釣り糸の先で三寸足らずの小魚が跳ねる。うららかな春の昼下がりであったから、小魚の銀鱗は光を弾き、小魚そのものが光と化したように眩しかった。

「ちっちぇえな」

不満げに唇を尖らせた主馬の顔に、少年の面影が過った。

「兄者」

「うん？」

「いろんなことというのは、どういうことですか？」

清弥は竿をしならせ、流れの真ん中あたりに、針を落とした。

「上手いな」

主馬は、さらに唇を尖らせる。その唇を緩め、手の中で竿を一回転させた。

「清、おれは時々思うんだが、おまえの言う正室の腹だとか側室の子だとか妾腹だとか……そんなことに囚われない世が……いや、生まれのことだけじゃなくて、家柄とか血筋とかにも囚われない世が、今に来るんじゃないのかな」

「は？」

「窮屈だろう。それに、害が多い。家老の家に生まれれば、よほどのことがない限り馬鹿でも阿呆でも、後は家老だ。軽輩の家の子弟なら、どんなに才が長けていても、馬鹿や阿呆の下にいなければならん。生まれた時から、身分も役職も決まっている。そんな、窮屈な世が、いつまでも続くと思うか」

手のひらに引きの手応えがあった。しかし、清弥は動かず、兄の横顔を見詰めていた。兄の口にしたことは、聞きようによっては、将軍を筆頭に寸分なきまで整えられた体制への批判ともとれる。西国の藩とはいえ、重臣の子弟の言うべきことではなかった。

「硬直したものは、いつか折れる。ひび割れる。そういうもんだろう。いずれ、この国の根幹に亀裂が入るような気がする。いつのことか、わからんが」

頓着なく主馬は続ける。清弥はその言葉に聞き惚れていた。

「兄者、それなら……人が出自や家柄に囚われなくなれば、なにに拠って人を計るのでございますか」

「清、さっきから引いてるぞ」

「構いません」

竿を投げ捨て、兄に向かい合う。

「教えてください。人はなにに拠って、計られるのですか」

「人は人だ。人そのもの、本人が持つ技量、資質、人柄でのみ計られる。母の出自がどうだの、父の身分がどうだの、そんなことに左右されない世が、いつか来る」

「人そのもの……」

「そうだ。そしてな、清」

「はい」

「おまえは、おれの弟だ。そのことを忘れるな」

水面に魚が跳ねた。早瀬が澄んだ音を立て、稚児ほどの幼い葉が木々の枝を淡く彩っていた。鶺鴒《せきれい》の浮き立つような囀《さえず》りをすぐ近くに聞いた。春の川辺の風景が、兄の言葉と共に脳裡に焼き付く。

すげと兄だけが、清弥にとって肉親と呼べる者だった。そのすげを斬れと、忠邦は命じている。

「すげに、なにか落ち度がございましたか?」

「いや」

「ならば、何故に?」

「訳などいらぬ」

雨の音が弱くなる。風に鳴っていた雨戸も静まり、廊下は闇と微かな雨音だけに閉ざされる。

「その太刀をそなたが真に使える者かどうか、試さねばなるまい」

一息、間をおいて、父は再び子に命じた。

「斬れ」


すずは板場に夜具を敷いて臥していた。時折、力無く咳込んでいる。薬湯の青臭い匂いが鼻をついた。

「すず」

呼んでみる。薄い布団がもぞりと動き、やつれた老女の顔がこちらを窺った。部屋に灯りはなく、深い暗みの中だったけれど、清弥には、すずの口元が綻んだことまで、容易に見て取れた。

「清弥さまか？」

「うむ」

「こんな刻に、わざわざお越しにならなくとも……そうそう、昼間、お持ちいただいた水菓子、たいそう美味《おい》しゅうございましたよ。少し元気が出ました。ありがたいことで」

すげが身を起こしたと同時に、板場に踏み込む。ただ一刀、それで仕留めねばならない。外せば苦しむ。自分の身になにが起こったかと、苦悶の中で惑わねばならない。

すげは声を上げなかった。清弥に向かって手を差し伸べた格好のまま、夜具の上に仰向けに倒れた。口元にはまだ、笑みが残っていた。

次の日、すげの病死が台所方に告げられた。簡素な葬儀が営まれた夜、清弥は次の命を受け武士を斬った。三月後にもう二人、一年後に二人、一月程前にも一人……いずれも、夜の闇の中で一刀で斬り捨てた。最初の剣を受け止められ、斬り結んだことは一度もない。相手の顔をまじまじと見たこともなかった。

そして、あの夜が来た。満月の夜だった。皓々とした月が天に昇り、木々も家も人も、夜の影を地に落としていた。昼であろうと夜であろうと、大気は稲穂の乾いた香を含ませ、虫の音が美しく、月が美しい。そんな季節が巡ってこようとしていた。

「そなたに、申しおくことがある」

父に呼ばれ、珍しく座敷に迎え入れられた。かしこまる清弥の前で、忠邦は茶をすすり静かに言った。戸は開け放たれ、月の光に照らし出された庭が見渡せた。松の樹も庭石も石灯籠も全て光に包まれ、上辺に銀箔を張りつめたように、銀青色を帯びている。此岸《しがん》のものとは思えなかった。

「わしは、今、藩政の内において並ぶべき者がないと言われるほどの力を持っておる」

清弥は口を挟まなかった。忠邦が藩内においてどのような権勢を誇っているか考えたこともなかった。藩の内情など知らない。知りたいという望みなどなかった。

「わしがここまで上り詰めるために、為してきたことは多々ある。まずは、利権にすがり、保身に走り、藩財政の逼迫にも拘らず己の私腹を肥やすことのみに汲々とする輩を藩政から排斥することから始めた。我が藩は、気候風土に恵まれ、安定した作物の収穫を見込める。飢饉、災害に襲われることもなく民にも疲弊の翳りはない。藩財政の基盤は磐石と申してよいはずなのじゃ。しかし、それを食い潰す輩が藩政に居座りおる限り、我が藩の先は暗い。代々重職に就く家柄、それのみを振りかざし、藩のことも民のことも打ち捨て、ひたすら私利私欲のためだけに政《まつりごと》を行う。これを賊徒と言わずして、なんと呼ぶや」

忠邦の目が異様な光を帯びる。月のせいではなく眼球の奥底から青く光る。唇が震え、頬が強張った。それは、清弥が初めて見る父の異様なまでに昂った表情だった。その顔に兄の穏やかな笑みが重なる。

人は人だ、人そのもの、本人が持つ技量、資質、人柄でのみ計られる。ならば父上も、兄者と同じじゃか。

清弥はふと思った。旧弊な常識に囚われず、世を変えていこうとする者なのか。

「わしは賊徒と闘い、これを排し、藩を立て直すために働いた。それは、尋常な手段で成せるものではない。時に、策謀も必要。清弥」

「はい」

「そちはよう働いた。わしを助けた。しかし、わしの行く道はまだ中途じゃ。山はまだ越えておらぬ。これから、さらに励まねばならぬのじゃ」

「御意《ぎょい》にございます」

「そのためには、今以上の力がいる。表も裏もな」

忠邦の口調から、ふいに熱が引いていく。

表も裏も？

冷えた言葉の意味を解しかねて清弥は、目を細めた。口調と同じく熱の引いた忠邦の顔は、面のように無表情だった。激昂の跡はどこにもない。

「そなたに、裏を預けよう」

「は？」

背後に僅かな気配を感じた。錐《きり》のような鋭い殺気。忠邦の前まで飛び退り、守護の姿勢で片膝をつく。月光の庭に視線を巡らせる。清弥の座っていた場所に、銀色の小柄が突き刺さっていた。

庭は静かだった。そこにはただ穏やかで美しい初秋の夜があるだけだった。

いや、違う。

松の樹の根元、闇と闇とが重なる場所。

捉えた。

身体が動く。庭に走り出、無言の気合を込めて、闇に剣をはらう。剣先に手応えがあった。

しかし、充分ではない。息を整え、闇に蹲った相手に攻めの刃を向ける。

「そこまで」

忠邦が廊下に立ち、清弥の動きを制した。

「よい。殺すな。その者は、まだ役に立つ」

闇の中でなにかが動いた。そして、気配が消える。

「あれたちをおまえに預ける」

「あれたちと申されますと？」

「闇に潜み、夜に動く。そなたと同じく、わしの片腕としてよう働いてくれる者たちじゃ。おまえなら統《す》べることもできよう。あれらを統べ、さらに、わしのために働け」

「は……」

忠邦の言うことは、明確なようで、なに一つとして説明してはくれない。すげの時と同じだ。命ずればそれで済む。説明の必要などない。父上はそのようにお考えかと、唇を噛む。

何故、斬らなければならないかも、斬った相手が誰なのかも、一度として知らされたことはなかった。このごろ、ふと考える。

おれの斬った相手には、家族はいなかったのだろうか。妻や子や親はいなかったのだろうか。二度めに斬り捨てた武士には供がいた。若い中間は背中を断ち割られた時、だれかの名を呼んだ。女の名だった。妻なのか娘なのか想う相手なのか……。喉の奥に熱い玉を吞み込んだような気がした。すげを斬った時にも感じ、無理やり吞み下したものだ。玉は熱く重いまま胸の底に溜り、ぶすぶすと心を焦がす。

「斬らねばならぬ者ができた」

「はっ」

「これから、すぐにだ」

「はっ」

一息つき、清弥は小声で問うてみた。

「その者の名をお教え願えましょうか」

なんのために、誰を、斬るのでございますか。

「聞きたいか」

「なにとぞ」

「宮原主馬」

息が詰まった。顔から血の気が引いていくのがわかる。血流の音が耳に響いたのだ。風にざわめく竹林のような音だった。

「兄者を……」

「そうじゃ。しくじりは許さぬ。必ず、仕留めよ」

「しかし、兄者は、もうすぐお子が……」

遠縁の娘を娶《めと》った兄は、今宵の月が僅かに欠ける頃、父親になる。義姉となった人は、名を藤江《ふじえ》といい、目元涼しげで、立ち振る舞いの穏やかな女人だった。似合いの夫婦だと、誰もが口にした。

「そうじゃ。騒がれれば藤江も斬れ。躊躇うことはない」

「何故に！」

叫んでいた。

「何故に、兄者を斬らねばなりませぬ」

「知る必要はない」

「ございます」

なにも知らずできることではない。知ったからといってできるものでもない。しかし、できぬと退けられることでもないのだ。

問わずにはおれない。兄をこの手で討たねばならぬ訳を聞かねば、一寸も動けない。熱い玉は喉元に引っ掛かり、どのように足掻いても呑み下せないのだ。

「お教えくださいませ。どうかお教えください」

清弥は庭にひれ伏し、必死に請うた。

「なにとぞ、訳を……」

「あやつは、わしに叛《そむ》こうとしておる」

忠邦の声が虫の音を貫いて、届く。

「子の分際で、父を裏切ろうとしておるのじゃ」

それで充分であろう。忠邦は呟き、座敷の戸を閉めた。

兄の寝所は寝静まっていた。袖をしぼっていた襷を解いて、左手に巻きつける。意味のない行為だった。意味のないことを繰り返して夜が明けるなら、一晩中、襷と戯れていても構わない。

月の光は、兄夫婦の住居となる奥まった一画にも存分に降り注いでいた。こちらの庭には築山も松の大樹もない。薄《すすき》の穂が虫の音に添うように微かに揺れている。兄らしい簡素な庭の造りだった。

「月見においでられませ」

義姉にそう誘われた。

「月見にお酒を召し上がるのも、趣がございます。月など愛でながら、久しぶりに酒を飲み交わしたいと、主馬さまの仰せにございますゆえ」

兄の言いつけなのか人柄なのか、義姉は清弥を夫の弟として丁重に接していた。

月見の酒に誘われた夜、父から兄の殺害を命ぜられた。襷を左手から外す。

薄の影の落ちた地面は、普段より白く、氷のように冴え冴えと冷たい。

あそこで腹を切ればよい。

思った。思い付いたことで、ふと心が軽くなった。兄を斬るわけにはいかない。父の命に叛くことはできない。だとしたら、これしかないではないか。

安堵のため息を漏らし、薄の影の上に座る。刀を腰から外し、地面に置く。その時になって、切腹の作法を知らぬことに気付いた。他者を一撃で倒す術は身に染み付いていても、自らを処する作法などなにも知らずにいた。

どうすれば、いいのかな。

戸惑えば何故かおかしくて、笑ってしまう。

ともかく斬ればいい。深く、真っ直ぐに……たぶん、それだけだろうな。

右手が鞘を掴んだ時、ガタリと音がした。雨戸が開き、主馬が庭に降り立つところだった。

「兄者……」

腰を浮かせる。主馬は、跪いた弟の傍らに立ち、懐手に夜空を見上げた。

「凄い月だな」

「あ……はい」

「清弥、月見には、いささか遅すぎはせんか」

「申し訳ありません」

「藤江が、おまえに食べさせるのだと酒肴をあれこれ用意していたのに、無駄になってしまったぞ」

「はい。重ねて申し訳なく」

「腹を切るつもりか」

清弥の言葉を遮り、主馬は月を仰いでいた目を地に戻した。

「腹を切るつもりかと尋ねているんだ」

「……はい」

「馬鹿者が」

一言、吐き棄てる。

「おまえは、どうにもならぬ馬鹿者だ。道が二つあるとき、必ず安易な方を選ぶ。なにも考えず、なにも知ろうとせず、楽な方へ流される。大馬鹿者だ。その頭はなんのためについている。少し、考えろ」

主馬は本気で怒っていた。頤《おとがい》が細かく震えている。

「なにも考えず、父上の言われるままに何人、斬った。おまえにとって敵でも仇でもない者を何人、斬った。言ってみろ」

主馬の足元から影が延びている。蟋蟀《こおろぎ》が一匹、胸の辺りで跳ねた。

「父上は、おれを斬れと言われたか」

膝の上でこぶしを握る。

「そうやって、だんまりを続けて、また逃げるつもりか？　黙したまま自害して、それでことが済むと思っているのか？」

兄者に叱られるのは初めてだ。ぼんやりとそんなことを思った。

「父上の飼っている刺客は、おまえだけじゃない。他にも幾人もいるんだ。おまえが自害しても、明日には次の刺客が送られてくる。そんなことも、わからんほど馬鹿なのか、おまえは」

闇の中で蠢いた何者かを思い出す。

闇に潜み、夜に動く。父はそう言った。その者たちを統べよとも。

「父上のお考えは間違うてはおらぬ。根のところはな。旧弊な藩政は百害あって一利もない。変わらねばならぬし、変えねばならぬ。しかし、父上の手段はあまりに無茶だ。狂っているとしか思えん」

忠邦の内にある狂気には気が付いていた。底光りする狂気を抱え持っている男なのだ。

「邪魔な相手を闇に葬る。次から次へとな。しかも、自分の血を分けた息子を刺客に仕立ててだ。人のやることではない。そればかりか、この頃の父上のお考えは、あれほど憎んだ重臣連中となんら変わらん。藩政を思うがままに操りたい一心で、少しでも逆らう者を消していく。清弥、父上はやりすぎた。人の口の端に上るほどにな……この前、おまえが斬った相手は徒目付《かちめつけ》、鬼頭平四郎《きずへいしろう》という男だ。大目付の西垣主門《にしがきしゅもん》さまの命、いや、主命により父上のことを探っていた」

「主命……では」

「そうだ。殿は、父上のことを疑っておられる。最初は見て見ぬふりをされていた。藩を抜本的に改めるためには、多少の荒療治もいたしかたないというご心境であられたのだろう。しかし、政敵を倒すために暗殺集団を組織し、手足のように使い……結局は、己の安泰をはかろうとする。もう志も義もない。殿は、聡明なお方ゆえ、父上の底が透けて見えたようだ。ただ、父上の功績に鑑《かんが》みると、むげに排斥もできぬ。無理に処罰すれば、藩内に取り返しのつかぬ亀裂を生むことになるやもしれん。それに……宮原の家がお取りつぶしになることも避けられまい。おれは、それでも構わぬと申し上げた。ここまでくれば、父上とともに腹を切る覚悟はできておる。しかし、殿は、江戸に上がられるまでに、動かぬ証拠を摑み、穏便に父上を隠居させたいとの仰せだ。父上排斥の動きは、静かにしかし着々とすんでいる。おれは、それに与《くみ》した。子としてはこれ以上の不孝はあるまい。しかし、このままでは、藩そのものがつぶれる」

ころころと蟋蟀が鳴いた。月は静かに空を滑り、兄の影がやや傾く。主馬はほっと息をついた。

「父上は己の才に溺れた。権勢の味を知り、支配することに慣れ、自らを万能と思い違えたのよ……清弥、おれが思うに、父上はいずれは、殿のお命を狙うのではないか」

「まさか、そのような」

主殺しは、大罪だ。一族郎党すべて、厳しく罰せられる。いくら追い詰められたからといって、忠邦がそのような愚行を犯すとは思えない。清弥の顔に視線を向け、主馬はかぶりを振った。

「父上は幾通りもの暗殺の仕方を知っている。巧妙に病に見せて人を殺す手立ても、それを自在に使える者も、手にしているのではないか。おれは、そんな気がする。実際、不審な死に方をした者が城内にも幾人かおるのだ」

「信じられません」

「それでも、嘘は一つもないぞ」

一息ついて、どうすると、主馬は問うてきた。

「ここまで聞いて、おまえはどうする。やはり、腹を切るか。それともおれを斬るか」

「それは、できませぬ」

「遠慮することはない。他の者に殺られるぐらいなら、おまえに斬られる方がずっとましだ。丸腰が嫌なら、藤江に刀を持ってこさせる。一度なりと剣をあわせるか？　まるで相手にはなるまいがな」

「できませぬ。兄者を斬ることだけは、できませぬ。それだけは……」

主馬は弟を見下ろし、もう一度、ため息をついた。

「清弥、おまえな……」

微かな足音がした。振り向いた清弥の目に白刃のきらめきが映った。抜き身を手にして、忠邦が立っていた。鞘を投げ捨て、上段に構える。

「二人そろうて、愚か者どもめが。そこに、なおれ。父が成敗してくれるわ」

言うが早いか、忠邦は真っ直ぐに主馬目がけて、走ってきた。揺るぎない剣先が振り下ろされる。それが主馬の眉間に達するより僅かに早く、清弥の刀が忠邦の胴をはらっていた。

「おのれ」

忠邦は、清弥に剣を向けようとした。とたん、口から血が零れる。そのまま前のめりに、地面に倒れこんだ。指が土を摑み、身体が痙攣する。

「待て」

止めを刺そうとする清弥の腕を主馬が押さえた。

「もう、やめろ。これ以上、殺すな」

清弥の手から太刀を取ると、主馬は無言で忠邦に止めを加えた。

痙攣がおさまり、大柄な忠邦の身体はしんと静かになった。

「藤江」

雨戸の隙間から淡い灯りがもれた。身支度を整えた義姉が頭を下げる。

「例の物をここへ」

「はい」

奥に引っ込むと間もなく、小さな包みを抱えて走り出てきた。

「走るな。身体に障る」

主馬は包みを取り上げ、清弥に差し出した。受け取ると、ずしりと重い。

「路銀と、当分暮らせるだけの金が入っている。道中手形と他に必要な書付も用意してある」

「書付とは？」

「おまえが、生き直すに必要な書付だ。周防清弥、作事方二男、藩お届出の上、脱藩」

「兄者、それは……」

「江戸へ行け」

「江戸へ？」

「そこで、生き直せ」

兄は短くそう言った。

「もう一度、最初から人として生き直せ。おれは、ずっとそのことを考えていた。これを何時、おまえに渡せるかとな。清弥、おまえは全てを捨てて、生き直さなければならんのだ。これまでのことは、すべて夢として忘れろ。忘れて、新たな生を生きるんだ。全てを……できれば武士であることも捨てろ」

「兄者は？」

「おれは残る。後始末をせねばならん。咎めがあるのなら、おれが全て負う。おまえには関係ないことだ。おまえは、もういい。ずっと陰にいた。今度は、日の下を歩け。いいな、なにがあってももう二度と、闇に潜むような真似はするな。わかったら、行け」

生き直す。そんなことができるのだろうか。すげを斬り、見も知らぬ者たちを斬り、父を斬った。それでも生き直すことなど、できるのだろうか。足元に転がっている屍《しかばね》に目をやる。月明かりの下で、半眼のその顔は笑んでいるようにも、眠たげにも見えた。ふつりとなにかが切れた気がした。不思議な浮遊の感覚がする。義姉の胎内に宿っている赤子のように、もう一度生まれ、生きる。

「ぐずぐずするな、行け」

清弥は包みを握り締め、兄と義姉に深々と礼をした。

「お気を付けて。いつか、この子を抱いてやってくださいまし」

藤江が自分の腹を撫でる。

裏門から路上に出る。月明かりの道を清弥は歩き出した。背後で闇がさわりと動く。振り向かなかった。江戸へと続く道を、無言のまま、ひたすらに歩こうと、それだけを考えていた。

廊下に慌しい足音がする。信三の諌める声も混じっていた。

お出でになったか。

羽織に手を伸ばした時、障子が音を立てて開いた。


「遠野屋」

信次郎が怒声に近い声で呼ぶ。伊佐治は身をすくめた。

「やられたってな。まさか死んじゃあいめえ」

「おかげさまで、なんとか生き延びております」

遠野屋清之介の落ち着いた声がした。

「つまらねえ」

脇差を抜いて胡坐《あぐら》をかくと、信次郎はにやりと笑った。

「主人まで殺られて、ついに遠野屋もおしめえかと思ったが、おめえさんも相当にしぶといな」

「お役人さま」

信三が尖った声を出す。露骨な怒気を含んでいた。

「主は、この通り、今臥せっております。お相手ならわたしめが務めますので」

「雑魚《ざこ》はひっこんでろ」

信次郎が一喝する。

「おめえを相手に済むような用向きじゃねえんだ」

「しかし」

「信三」

遠野屋が身じまいを正し、手代に声を掛けた。

「もういい。下がりなさい」

「しかし、旦那さま」

「下がりなさい。わたしが呼ぶまで、誰も近づかないように」

「……かしこまりました」

信三がちらりと伊佐治に目配せをする。主のこと頼みますよという目付きだった。軽く頷き、後ろ手に障子を閉める。

「みなさん、良い奉公人ばかりで」

皮肉でも世辞でもなかった。信三の目には、本気で主を気遣う気配が溢れていたのだ。

「ありがとうございます。わたしには過ぎた者ばかりで、本当によく働いてくれます」

「遠野屋さんの、ご人徳でしょうな。うちの旦那じゃ、こうはいかねえや。奉公人なんざ、とっくに逃げちまってますよ」

伊佐治の悪口《あっこう》を聞き流し、信次郎は声を低くした。

「遠野屋、どこをやられた？」

「なんのことでございますか」

「とぼけんな。おめえほどの手だれが、なぜやられた？　それほどの相手だったのか、それとも……わざと、やられたのか」

「このところ、忙しゅうございました。いろいろ思うこともあって、数日、ろくに眠っておりません」

「なに？」

「無理がたたったのでございましょう。ふらりと目が回りまして、廊下から庭先に転げ落ちてしまいました。それで、肩を傷めてしまい、この有様です。今日は一日、養生するつもりでおります」

「おれだって、忙しいんだぜ。昨夜だって、寝ちゃあいねえよ」

腰を上げ、刀を摑むと、信次郎はきりっと奥歯を嚙んだ。

「だからよ、おめえの無駄口に付き合ってる暇はねえ。遠野屋、傷を見せろ。誰にとは訊かねえ。どこをなにでやられた」

沈黙が落ちる。どこから入ってきたのか線香の薄い煙が、伊佐治の目の前でゆらりと漂った。

「答えねえなら、それもよし。このまま、しょっぴいて番所で話を聞くことになるぜ」

「旦那」

伊佐治は、大きくかぶりを振ってみせた。

「なんの科があって、遠野屋さんをしょっぴくんです。そんな脅しが、遠野屋さんにきくわけゃあないでしょう。遠野屋さんも、そうですぜ。口先三寸で、うちの旦那を誤魔化せるなんざ、ゆめゆめ、思ってねえでしょうに。ほんとに、忙しい、忙しいと言うわりには、二人とも無駄な回り道が多すぎますよ」

再びの沈黙。遠野屋が肩袖を脱ぐと身を回して、信次郎と伊佐治に背を向けた。肩を覆っていた白布をするすると解いた。固く張り詰めた肩の筋肉が現れる。傷は、血を固まらせて、その肉の上に刻印されていた。にじりより、信次郎は傷跡を仔細に眺めた。指をあて、なぞり、計る。

「これはなんだ……針じゃねえよな」

「針にしちゃあ、平べってえようで。匕首でもねえし……」

「簪では、ございませんか」

遠野屋が背を預けたまま、ぽつりと言った。

「簪……相手は女か」

「いえ。この通り、背後を襲われました。どちらとも判じかねます。この傷を受けた時、わたしは膝をついておりました。女でも男でも、突き刺すことは容易です」

「おめえさんを背後から突き刺すことが容易なら、関所破りだって容易だよ。しかし、簪たぁ……どういうことだ」

「信三に今朝、調べさせました。店の品が一本、なくなっていたそうです」

「商いの品を使って、その店の主を襲ったわけか。他になくなったものは？」

「ございません。簪がなくなっていることに、店の者は誰も気が付かなかったようです」

「つまり、荒らされた跡もないってことか。数ある簪の中から、使えそうな一本を誰にも気付かれることなく、盗み出した。ふん、ある程度、内の様子を知ってるやつの芸当だな。この家のどこになにがあるか、ちゃんと知っている」

腰の後ろから朱房の十手を取り出し、信次郎はその先を軽く遠野屋の肩にあてた。

「どうでえ、あの生意気な手代あたりをお縄にするってのは」

「わたしが襲われる直前、信三はすぐ傍らにおりました」

「なるほどね。それじゃあ、あの可愛いお茶くみの小女にするか。ふふっ、それにしても、遠野屋、惜しいな」

「は？」

「この身体、とてもじゃねえが商人のものじゃねえ。なりだけ真似ても虎は虎さ。可愛い猫にはなれねえよ」

もっともだと、伊佐治は思った。虎から猫になるのに、この男が身体も心も本物の商人となるまでに、どのくらいの年月がかかるのかと指を折りたい心持ちになる。

白布を巻き袖に腕を通すと、遠野屋は弥助のことを尋ねた。あの人は、見つかりましたかと。

「見つかったよ。北の橋の袂でずたぼろさ。滅多斬りだ。しかも、二度殺されてる」

「二度？」

信次郎の説明を遠野屋は、身じろぎもせず聞いていた。

「惨《むご》い話でございますな」

「惨え話さ。しかし、やろうが初めて見せた綻びさ。おめえを傷つけた簪ってのも綻びかもしれん。やろうは洒落たつもりかもしれんが、この店に出入りしている者とすれば、かなり絞れる。そこらあたりから手繰れば、必ず燻《いぶ》し出せる」

「木暮さま、そのことでお願いがございます」

「なんだ?」

「この一件から、手をお引きください」

信次郎が瞬きする。伊佐治は、息を止めたまま遠野屋の血の気のない顔を見つめてしまった。

なにを言ってんだ、この人は……。

「おれに、手を引けと?」

「はい」

「調べ直せと言ったのは、おまえだぞ」

「無茶を承知で申しております。なにとぞ、ご詮議なきようお取り計らいください。お願いいたします」

十手を腰に納め、信次郎は鼻で笑った。

「聞いたか、親分。おれも舐められたもんだぜ。町人ふぜいに、あれこれ指図されるなんてよ」

「指図ではございません。伏してお願いしております」

「で？　幾ら出す？」

伊佐治は再び、息を詰めた。これは、銭金で解決する話なのか。遠野屋が身を乗り出す。

「遠野屋の身代が許す限りのものを用意いたします」

「そいつは、豪儀だ。嬉しいねぇ。千か二千か」

「それで、ご納得いただけますか」

「百万石の大名にしてやると言われても、納得できねえな」

「木暮さま」

「ふざけんな！」

信次郎の双眸がぎらつく。

「やめろと言われて、はいそうですかと納得できるかよ。おれをそこまで、虚仮《こけ》にしてただで済むと思うなよ」

信次郎はふと、声の調子を落とした。いつもより低く掠れた声が漏れる。

「遠野屋、なにを考えている？　なにをするつもりだ？　自分の蒔いた種は自分で刈り取るって、決めたわけか」

「そこまでお見通しなら、申し上げることはございません。どうか、このまま、この一件のこと全てお忘れください」

無言で、信次郎が鞘をはらった。遠野屋の胸元めがけて白刃が煌く。ひっ。伊佐治は思わず両眼を閉じた。

遠野屋の身体がするりと動いて、信次郎の懐に飛び込む。あっと声を上げたとき、信次郎の手首は押さえられ、喉元に小刀の刃が当てられていた。

「木暮どの、お引きくだされ」

耳元で囁く声がする。

「けりは、それがしがつける。貴公はこれ以上、お手出しめさるな」

「おぬし……」

信次郎は、刃を当てられた喉の奥で小さく呻いた。それから、薄笑いを浮かべる。

「やっと尻尾を出したか。ふふっ。追い込まれておるのは、下手人もおぬしも同様というわけだ。おもしろい」

信次郎は薄ら笑いを浮かべたまま、舌の先で唇を舐めた。本気でおもしろがっている顔だった。

おもしろくて、堪らねえ。

「やってみなよ。おれの喉を掻《か》っ捌《さば》いてみろ。遠野屋清之介の皮をきれいに脱ぎ捨てて、虎の正体を見せてみな」

乱れた足音がした。旦那さまと高く呼ぶ声がする。遠野屋の身体が下がる。信次郎は、なにごともなかったかのように抜き身を鞘に納めた。

「旦那さま、おかみさんが！」

叫びながらおみつが、座敷に転がり込んでくる。

「おかみさんが、目を開けて」

「おっかさんが！」

「はい。旦那さまに会いたいと、早く、早く、旦那さま」

遠野屋が走り出る。おみつが足をもつれさせながら、その後に続いた。伊佐治は、廊下に立ったまま座敷の信次郎に声を掛ける。

「旦那、どうしやす？」

我ながら腑抜けた声だ。目の前で起こったことに、身体が反応しない。夢か幻を見ているような気がしていた。信次郎は、喉に手を当て、一言、怖ぇなと呟いた。その口元に笑みがまだ、張り付いている。

「虎の尻尾は踏んづけねえに限る。しかし、せっかく向こうからちらつかせてくれたんだ。離すこたぁねえよな、親分」

脇差を片手に立ち上がる。

「行こうぜ。遠野屋の大おかみの顔を拝見しよう」

「へい……」

遠野屋はなにかを摑み、摑んだことで追い込まれている。それは事実だろう。喉もとに刃を押し当てられながら、相手を挑発する信次郎より、追い込まれ尻尾を見せた遠野屋の方が、よほど人間らしいと伊佐治は思う。

ほんとに怖ぇのは、旦那の方だ。

庭を見る。溶けず残った雪が白く光を弾き、目に痛いほど煌いた。

信次郎と伊佐治が病人の座敷を覗いた時、おしのは遠野屋に抱き起こされる格好で、薄目を開けていた。口元から、涎《よだれ》が垂れている。白髪交じりの髪も乱れ、老婆の様相となっていた。しかし、目の光だけは、しっかりとしていた。その目が婿を見つけ、さらに光を増す。

「せい……さん」

「おっかさん、よく目を覚ましてくれました。わたしがわかりますか、おっかさん」

「おりんを……ころした……わたしが……」

「なにを言ってるんです。おっかさん、しっかり、今、先生を呼びましたからね」

「おりんに……こをうめと……まごがみたい……といって」

おみつがわっと泣き伏した。

「わたしが……ころした」

「違う」

遠野屋が声を上げる。

「おっかさんのせいじゃない。おりんを殺したのは、おっかさんじゃない」

「ちが……う」

「違います。絶対に、違う」

おしのの口から、もう一筋、涎が糸を引く。目から光が失われていく。虚ろな目つきでおしのは、婿の胸に頭をもたせかけた。

泣きじゃくるおみつの傍に膝をつき、信次郎は、おいと丸い肩を叩いた。

「ぎゃあぎゃあ泣く暇があったら、答えな。今、おかみの言ったことは、どういう意味なんだ？」

「存じません……わたしは、知りません……」

「まったく、ここの奉公人に素直なやつは、いねえのか。正直に言わねえと、引っ括って三日三晩、辻に晒すぞ」

「存じません、存じません、存じません」

「おみつ、木暮さまに、いやわたしにも、知っていることを洗い浚い話しなさい」

遠野屋が義母を抱きかかえながら、おみつに視線を向ける。

「でも、でも、旦那さま」

「話すんだ」

静かな、しかし威嚇に満ちた一言だった。おみつが、顎を引く。

「おじょうさまとおかみさんが、言い争っているのを聞いたことがあって……おじょうさまが泣いておいでのようでした。お二人が口喧嘩なんて珍しいので、つい聞いてしまって……」

「立ち聞きの言い訳はいいからよ。それで、なにを言い争ってたんだ」

「お子さまのことのようでした。みてもらえとか……そんなことで……おかみさんが、孫の顔が見たいとか言ってて……その時、おかみさんはお酒を召し上がっていて、ちょっと酔ってたみたいで……おまえは、あのことを気にしすぎだとか……あとは、よく聞き取れませんでしたけど、ああ子どもの話をしてるんだなと思って、ちょっと嫌な気になりました。わたしも子ができなくて、離縁されたものですから。実の母親に言われると、辛いだろうなとおじょうさまがおかわいそうでした」

遠野屋が大きく息をつく。伊佐治も釣られて、長い息を吐き出していた。信次郎だけが、口元を歪めている。

「それはいつのことだ？」

「冬の初めの頃で……ああ、確か玄猪《げんちょ》の牡丹餅を作った二、三日後でした」

「牡丹餅ねえ……で、おしのが口にしたあのことってのは、なんだ？」

「存じません」

「なるほど。可愛いおじょうさまのご亭主さまの前では、口に出せねえことか」

おみつは、大きくかぶりを振った。手を伸ばし、信次郎の袖を摑む。さっきまで泣いていた顔に怒気が浮かんでいた。

「お役人さま、わたしは本当に知らないんです。変な言いがかりをつけて、おじょうさまを汚さないでください。そんなことしたら、わたしが許しませんからね」

鼻先で笑い、信次郎が袖を引く。

「汚すも磨くもねえよ。おりんは、子ができねえことを母親からなじられた。子ができねえ訳ってのが、あったんだろう。娘のころ、男遊びでもしてたのか……遠野屋、どうだ？　おまえの女房は、初めての目合《まぐわ》いのとき、きれえな身体だったのか？」

「はい」

けっと、信次郎が顔をしかめる。

「あっさり答えるんじゃねえよ。おまえさん、女の身体も見極められねえほどウブなのかよ。澄ました顔しやがって、ちったあ、本音を吐いてみな。え？　おまえ、女房が嘘ついて、あちこち出かけていたこと、知ってて見逃してたんだろ。おりんは子を授かろうと、願掛けだのご祈禱だのに通ってたんじゃねえのか。おまえが気が付かねえわけがねえよな。気が付いてた、気が付いて好きにさせていた。知らぬふりをしていたわけだ」

「ちょっと、お役人さま！」

おみつが大声を張り上げた。怒気は膨らみ、涙の乾いた顔が真っ赤に染まっていた。

「旦那さまは、そんな薄情な方じゃございませんよっ。あの頃は……今でもですけど、お店が忙しくて、忙しくて、旦那さまは夜もろくにお休みにならないほど、働いていらっしゃったんですからね。いくらお役人さまでも、お口にして良いことと悪いことがございますよ」

「へぇへぇ、そうでございますか。それじゃ、子作りに励む暇もなかったってわけだ。それとも、やることだけは、やってたのかい」

遠野屋の目の縁が、微かに赤らむ。

「遠野屋にとっては後継ぎは必要でしょう。ただ、わたしは……子が欲しいなどと思うたことはございません。おりんがいれば、それで充分でございました。そのことをきちんと告げるべきでした。そうすれば、おりんを追い込まないで済んだかもしれません」

「綺麗ごとを言うんじゃねえ。今更、どう言おうと、おまえは店の仕事にかまけて、女房の心の内を見ようとしなかった。おりんが身投げする前、どこにいたか見当がつかねえほど、女房のことに疎くなってたんだよ」

「……確かに」

遠野屋の声は聞き取り難いほど掠れていた。

「わたしは……おりんのことがなに一つ見えていなかったのかもしれません」

「それが綺麗ごとだって言うんだ。今更、亭主ぶったって、元には戻らねえよ」

「旦那！」

伊佐治は唸るように声を上げた。信次郎の意図はわかっている。相手の一番脆い部分を突き、そこから隠そうとする本音を引きずり出す。伊佐治自身もよく使う手立てだ。効果的でもある。しかし、さすがにやりすぎだと思った。信次郎の突きは鋭すぎる。刃が肉体を傷つけるように、あまりに鋭すぎる言葉は人間の心に致命傷を負わせる。肉体を切り裂くことが科というのなら、心を苛《さいな》むこともまた罪なのだ。

旦那、いけやせん。やりすぎです。

一言が舌の先まで出かかった時、信三が医師源庵の到着を告げた。軽い足音とともに、源庵が入ってくる。小柄な医師の頭は信三の肩の辺りまでしかなかった。おしのを診たて、源俺は腕組みをして俯いた。

「先生、義母はさっき、目を開け、話しました。もう、だいじょうぶですね」

「遠野屋さん、これは、だいじょうぶと言っていいかどうか……確かに、一命は取り留めました。心の臓の強さが幸いした。それに、あなたの必死の看病が実ったのでしょう。薬を処方しますから、それを湯に溶かして飲ませてあげてください。身体は少しずつ回復すると思います」

「ありがとうございます」

遠野屋が頭を下げる。おみつと信三も倣い、深々と低頭した。

「いやいやいや、そんなに喜ばれたら困ります。回復するのは身体だけで……こちらの方は」

源庵は、自分の慈姑頭《くわいあたま》を指した。

「元には戻りませんぞ。そう覚悟された方がいい。一生、寝たり起きたり、呆けたようになるやも知れません」

「構いません」

遠野屋は顔を上げ、晴れ晴れとした口調で答えた。

「生き延びてくれるなら、どのような姿になっても構いません。ただ義母が生きていてくれれば、それでいいのです」

「わたしもお世話させていただきます。一生、おかみさんの面倒をみさせていただきます」

おみつが袂で顔を押さえた。

「さようか。そこまで覚悟があるなら、なにも申し上げることはありませんな。今度、目を覚まされたら、重湯を少々差し上げるとよいでしょう。徐々に滋養のあるものを増やしていけばいい。当分、毎日伺い、様子を診せていただきましょうか」

「お世話になります。なにとぞ、よろしくお願いいたします」

「わかりました。では後ほど、薬を届けますので」

「いえ」

遠野屋が顔を上げ、ゆっくりと、首を振った。

「わたしがいただきに上がります」

「ご主人が、わざわざ?」

「はい」

源庵は、息を吸い込み、束の間、口を閉じた。

「ご主人が、わざわざ、おいでになるのですな」

深みのある声が念を押す。

「はい」

「何刻ごろに?」

「店を閉めてからでもよろしゅうございましょうか」

「構いません。夜までには、たっぷりと時間がある。なにか変わったことがあればご連絡下さい」

源庵は、薬籠から薬包みを取り出すと、おみつに渡した。

「とりあえずは、これを人肌ほどの湯に溶かし、ゆっくり、時間をかけて飲ませなさい。一包みで女の湯飲み八分目ほどの湯を使うようにな。後の薬は、これから処方してご主人に渡します」

薬を押し戴《いただ》き、おみつは洟をすすりあげた。障子を通し、冬の淡い光が差し込んでくる。おしのの口元の汚れを遠野屋がそっと拭きとった。

第八章　終の月

呉服橋内の北御番所に入ると、信次郎は詰め所をのぞいた。無人だった。吉田敬之助の姿はない。もう、ずいぶん前から姿を見ていないような気がした。事件にかまけて、吉田の存在などきれいに忘れていたのだ。しかし今は吉田の不在に心がはやる。相手の体調を慮《おもんぱか》ってのことではない……確かめねばならないことがあるのだ。信次郎が、我知らず刀の柄に手をかけたとき、「木暮」と呼ばれた。支配役与力南雲新左衛門《なぐもしんざえもん》の声は、その痩身のどこから出て来るのかと思うほど、大きく豊かだった。新左衛門が怒鳴る度に、庭の木から雀が落ちると噂されるほどの大声だ。

「木暮、稲垣屋とか申す商人殺害の件、いかがあいなっておる？」

「は……申し難うはございますが、今朝、林町三丁目の夜鷹蕎麦売りの男が殺されました」

「なんと。それは、稲垣屋と同一の人物の仕業か？」

「おそらく」

「木暮。これは、由々しき事態ではないか」

南雲の声がさらに、激しくなる。

「なにか手を打っておるのか」

「はっ。すでに探索の網をかなり狭めております」

「そうか。そなたのことだ。抜かりはあるまい。迅速に動けよ。これ以上、死人を出してはならんぞ」

「御意」

南雲はそれ以上、突っ込んで訊いてこようとはしなかった。職務に不熱心というのではないが、熱情もないという典型的な役人気質なのだ。しかし信次郎は嫌いではなかった。情がある。父親に死なれたとき、まだ無足《むそく》の見習い同心だった信次郎をなにかと目にかけ、引き立ててくれた。むろん、信次郎の才を見抜いた上での処遇なのだろうが、そこに父親代わりに支えてやろうという、南雲なりの情があったのは、間違いない。

今も南雲は、無人の詰め所を見やり、吉田を見舞うてやれと言った。

「このところ、ずっと臥せっておるようだ。風邪をこじらせたと申しておったが、わしの見るところ、あれは……もっと質の悪い病ではないかと思う。木暮、吉田の様子に気が付いておったか」

「いえ、さほどは……吉田さまのご様子は、ご支配役が懸念されるほどお悪うございましたか？」

「このところ、とみに痩せたではないか。それに、一人ぶつぶつ呟いておることが多くなった。わしが声を掛けても、知らぬがごとし、聞こえぬがごとしだ。なんというか……身体の方もさることながら、少し呆けてもきているのかもしれん。痩せ細った吉田が、火鉢の前で一人つぶやいている様は、幽鬼のようにも見えたぞ」

「ご支配役。吉田さまはなんと申しておられました」

「なに？」

「なにを一人、呟いておいでだったか、覚えておられまするか？」

「うむ……ようは聞き取れなんだが確か、運が悪いとか良いとか、そんな埒もないことだったような……それが、どうしたのか？」

「いえ」

顔をくしゃりと歪め南雲は、見舞うてやれと念を押した。

支配役に言われるまでもなく、信次郎は吉田を訪ねるつもりだった。確かめねばならない。

それは、ずっと喉元に引っ掛かり、息の出入りに障るような疑念だった。喉元から上がってこなかったそれが、徐々に形になり、今、摑めそうになっている。確かめたい。けりは、それがしがつける。貴公はこれ以上、お手出しめさるな。

首筋に白刃の冷たさが蘇る。

冗談じゃねえ。おぬしはおれの獲物よ。とことん手出しはしてやるさ。いずれ、丸裸にして正体全て、拝ませてもらうぜ。おれの喉に白刃をつき付けたこと、たっぷりお返しさせていただく。

すでに、夕刻になっていた。冬の夜は早い。夕暮れとともに薄闇が町を覆う。今宵、天に月はないはずだ。ふと見上げた空には、赤い雲が一刷け、刷かれていた。

背後に気配がした。忍び足でついてくる。柄に手をかけ、振り向く。伊佐治が目を瞬かせながら立っていた。

「親分、なにしてんだ。こんなところでよ」

「旦那の後についていってるんで」

「なんで足音を忍ばせて、ついてくるんだ」

「あっしは旦那の岡っ引でやすからね。旦那の行くところについていくのは当たり前でしょ。足音は、旦那の物思いの邪魔をしねえように、気を配ったんですよ」

「おれは物思いなんかしてねえよ」

「してますよ。どうせ、遠野屋のことを考えてたんでしょ。虎の料理の方法とか」

「へっ、小料理屋の親父に言われたかねえや」

「旦那、調べがつきやした」

「うむ」

伊佐治の調べをずっと待っていた。情報もなくやみくもに動くほど、愚かなことはない。

「あの医者、里耶源庵は養子です。三年ほど前に里耶の住み込み弟子となって、そのまま、子のいなかった里耶家の養子に納まったとのこってす」

「そうか、それで先代は八丁堀に……」

「へえ、旦那のおっしゃる通りでした。最初は八丁堀に土地を借りて仕事をしていたようです。数年で引き払ったようですが。それが……」

「吉田さまのお屋敷だったと」

「へい」

繋がったか。

信次郎は下唇を噛む。

昔、土地を貸していた医者でな。ずっと付き合いがあった。

おりんが竪川から引き上げられた日、あの男、遠野屋清之介と初めて会った日、詰め所で吉田と交わした会話をもっと早く思い出すべきだったのだ。

ずっと、引っ掛かっていたのに。迂闊だった。遠野屋に振り回されて、周りに気を配れなかった。

おれとしたことが……。

伊佐治が淡々と続ける。

「先代夫婦が相次いで亡くなった後、その養子が源庵の名と家業を継いで今にって寸法で」

「相次いで亡くなった？」

信次郎の足取りが緩やかになる。

「夫婦して、流行り病にでも罹《かか》ったのか？」

「先代源庵の方は、ぽっくり病だったそうで。女房の方は、酒に酔って足を滑らせ川にどぶん。女だてらに近所でも評判の酒飲みだったのが、亭主が亡くなってからさらに飲むようになって、あれじゃ道もまともに歩けまいって、人の口の端に上っていたようですから、亡くなった時、親戚筋も近所もあぁやっぱりって納得したみてえです。ちょうど二年ぐれえ前、おりんと清之介が祝言をあげた頃になりやす。遠野屋の先代を看取ったのも今の源庵で」

「遠野屋と里耶家との関係は、深えってわけか」

「へえ。遠野屋の先代が森下町に店を構えた頃からの長え付き合いだったようです」

「なるほどな。おもしれえじゃねえか、親分」

さしておもしろくもなさそうに信次郎が肩をすくめた。

「あの源庵て医者、まるで清之介の跡をなぞるように、動いてる……たまたまってこたぁ、ねえよなあ。で、里耶の家はどこにある？」

伊佐治は水から上がった犬のように、ぶるっと身体を震わせた。

「六間堀町《ろっけんぼりちょう》……北の橋の近くでやす」

「朝顔は？」

「ありました。朝顔の種は腹の薬になるとかで、里耶の庭には、かなりの朝顔が咲いていたそうで。他にも薬草がいろいろ植わっているみたいですが」

「なるほどな。源庵の評判はどうだ？」

「上々です。腕もいいし、真夜中でも急病人の所には駆けつけてくれるとか、金持ちも貧乏人も分け隔てしないとかで、悪く言うやつは、おりやせんでした。町医者にはもったいねえと言う者も大勢いましたし、先代以上に誰からも信頼されているって感じで」

「おりんや弥助が出入りした様子はねえかい？」

「そこまでは、摑めやせんでした。ただ、おりんやおしのは、源庵のことを頼りにもしていたようで、おしのは特に、身体のことをよく相談してたみてえです。旦那、おしのは夏の終わりにひどい風邪をひいたそうです」

「夏の終わり……」

「へえ、その時薬をもらいに行ったのがおりんなら、朝顔を目にしたかもしれやせん。それと……これは、あっしが自分の目で確かめてきやしたが、里耶の家は裏口を使えば、人に見咎められずに出入りできる造りになってますんで……どうしやす。新吉あたりを張り付かせやしょうか」

「いや、おれが行く。清之介が薬を取りに来る前に、もうちっとゆっくり源庵の面を見てやろう」

「旦那、あの医者が一枚、嚙んでいると考えていいんですね」

「ああ。間違いねえ」

「なんで、あの医者を怪しいと思ったんで？」

「あの医者なら、遠野屋にずっと出入りしていた。内情も品物の置き場も知っているだろう。自分のことを信用しきっているおりんやおしのを騙すことだってわけねえはずだ。おみつの話では、子どものことでおりんは悩んでいた。身の内のことだろう。坊主より神主より、医者に相談するんじゃねえのか。なあ、親分。朝顔だよ。夏に咲く花の種をおりんは持っていた。春に蒔き、夏に咲かせるつもりでな」

「前に旦那がおっしゃいましたよね、夏に花が咲いてもよかったんだって、それは……」

「そうだ。次の夏には子ができる。その手だてがあるとでも言われたんじゃねえのか。おりんは、子を抱いて亭主といっしょに朝顔を眺められるかもと、儚《はか》ねえ望みを持っていた……いや、持たされちまったんだよ。たぶんな」

「惨え話で」

肉体を切り刻むも科、心を苛《さいな》むも罪。獣は生きるために生身を食い千切るけれど、心を苛むことはしない。この下手人は、獣、畜生にも劣る人間だ。ぎりぎりと身を絞るような怒りが満ちてきたのだろう、伊佐治の双眸が険しくなる。

「それに、お絹が言ってたろう。弥助がいい医者に出会ったって喜んでると。それと同じような台詞を聞いたのよ」

「へっ、誰に？」

「ここの主にさ」

組屋敷の木戸門を通る。吉田敬之助の住まいは静まり返っていた。

「吉田さまも弥助も、医者のことで喜んでいた。おりんは、身体のことで悩んでいた。この繋がりが偶然とは思えねえ。今、親分の話を聞いてて、余計に思えなくなった。たまたまとか偶然で済ませられねえ符丁が、あの医者を軸にぐるぐる回ってるじゃねえか。やっと、そこに気が付いたってわけさ」

「源庵が、殺ったと？」

「そこまでは言い切れねえ。けどよ、親分、考えてみな。先代里耶の夫婦の死に方、一人は川流れ、一人は病気……おりんと弥助に似てると思わねえか。同じ手口だとな」

「そんな……もしそうなら、いってえなんのために……源庵は、狂人なんですかい」

「まあ、まともな人間じゃねえよな。あいつ、もしかしたら遠野屋を追いかけてきたのか……追いかけて、かかりつけの医師という、ちょうどいい場所にまんまとおさまった」

「ちょうどいい場所ってのは？」

「相手の様子を見るのに、だ。遠野屋の内の様子をじっくり眺めることができる。しかも、使用人や出入りの職人みてえに、清之介にまともに向き合うわけじゃねえ。まともに向き合えば、あの男のこった、源庵の尋常じゃねえ匂いに気が付いただろうよ。ところが、清之介は商いの道を覚えるのに必死だった。源庵の相手はおしのとおりんに任せていたはずだ。慈姑頭の医者のことなんぞ、清之介の眼中にはなかった。あいつは、その隙にまんまと、おりんを取り込み、遠野屋の内情を窺っていた。機が熟するのを待っていた……」

伊佐治は、強張った表情のまま耳を傾けている。この初老の岡っ引を相手にしゃべっていると、不思議と頭の中が整理されてくる。それまで、乱雑に散らかり捩《よじ》れていた思考の糸がまっすぐに伸びてくるのだ。黙って聞いていてくれるだけでいい。それで充分役に立つ。

「源庵には、清之介がまともな商人になってもらっちゃあ困る訳があったのかもな。だから、要のおりんを殺した」

「けど……おりんは、自分で川に飛び込んだ。それは、間違いねえこってすぜ」

「そうだ。自分で飛び込んだ。飛び込むように暗示をかけられていたとしたら、どうなる？」

「暗示……源庵にですかい？」

「ああ、満月の夜に川に飛び込めば子が授かるとでも暗示をかけられていた……考えられねえか、親分」

「俄《にわ》かには信じ難えこって。大の大人が、引っ掛かりやすかね」

「源庵は、人の心を操る術を身に付けていたのかもしれねえ。徐々に徐々に、本人もそれと気が付かねえ内に、心を溶かしていく術だ……おりんのように、思いつめていた人間には、思いのほか、効くかも」

ぷつりと言葉を切って、信次郎は眉をひそめた。

「なにか匂わねえか？」

「え……そういえば、花の匂いが……」

いや、花ではない。もっととろりと甘ったるい匂いだ。

お頼み申すと、玄関で声を張り上げる。反応はない。吉田は、小者と身の回りの世話をするぎんという、老女と暮らしている。信次郎の暮らしと大差はなかったけれど、主に若さがない分、壁も廊下もくすんでみえた。

「吉田さま。ご在宅か。吉田さま」

やはり、受ける声は返ってこない。信次郎は、雪駄を脱ぎ捨てた。

「ご無礼、申す」

上がり込む。甘い香がした。香をたきしめてあるのだ。

「吉田さま、吉田さま」

言いようのない焦燥感に煽られて、信次郎は吉田の名を呼んだ。呼びながら座敷の戸を開け放す。夜具の敷かれたままの部屋があった。吉田が臥せっていたのだろう。薬の包みが幾つか畳の上に散らばっている。そして、枕元に下駄が片方だけ転がっていた。黒塗りの女物の下駄。おりんのものだろう。ふっと目が回った。両眼を閉じ、眩暈《めまい》に耐える。

吉田さま。

「旦那ぁっ」

伊佐治が叫んだ。

「人が殺られてます」

伊佐治の指差す方向、狭い座敷の中に折り重なるように二人の人間が倒れていた。こと切れていると、一目でわかった。ぎんと小者の二人だ。むせ返る血の臭いに香の匂いが混じる。

信次郎は、灯りを点け、仰向けになったぎんの胸元に近づけた。腋から斜めに一太刀。小者は背中をやはり斜めに割られていた。

「旦那……これは……」

「吉田さまは、美囊《みのう》一刀流の道場の高弟だった人だ。おれも、手ほどきを受けた覚えがある」

「じゃあ……稲垣屋も弥助も」

「臨時廻り同心に、下駄のことでと呼び出されれば、おりんの下駄を持って帰ってしまった稲垣屋にすれば、出向かないわけにはいくまい。だれにも知らせずに来い、穏便に済ませてやるとでも、言われたのかもしれん」

「吉田さまが……。では、稲垣屋の裏木戸のところにいたってのも、吉田さまで」

「それは、わからねえな。もしかしたら源庵が吉田さまの身分を利用したのかもしれねえ。

吉田さまの名を使って、稲垣屋を呼び出した。どちらにしても、殺ったのは……」

「吉田さまで」

伊佐治が、よろめく。

「なんのために、稲垣屋を殺したんです。よっ吉田さまが、まさか戯れに人を殺めることなんて、考えられやせん」

信次郎は唇を噛んだ。弥助はわかる。稲垣屋殺しを見られたかもしれない相手を生かしておくわけには、いかなかったのだ。いや、待て……さらに強く、口の中に血の味が広がるまで強く、噛む。

弥助は切り刻まれる前にこと切れていた。口封じというのなら、あの傷はなんだ。何故、なんのために、あんな真似を……。

信次郎の視界の隅に白い物が映った。近づき、それが白い猫だと確認した。胴が真っ二つに断ち切られている。身体の力が抜けた。

「やはり……そうだ。親分、殺したかったんだ」

「旦那……」

「吉田さまは、ただ人を斬りたかった。我慢できないほど、人を斬りたくて堪らなかったんだ」

「そんな、あのお方が、そんなこと……」

狂っている。そして吉田の狂気を源庵は凶器として操っている。狂気をさらに深め研ぐために、稲垣屋を殺させた。飢えた獣に少量の肉を与え、さらに飢えを強めるように。しまった。おれは、こんなところで愚図愚図してちゃならなかったんだ。

信次郎は身を翻し、走った。

「旦那！」

「伊佐治、源庵の家だ。案内しろ」

里耶家の玄関は暗かった。廊下の奥も、暗い。そのまま奈落に通じるのかと思うほどに暗い。

「失礼いたします」

清之介は、廊下に歩を進めた。薬草のものだろうか、干し草のような乾いた匂いがする。

「先生、薬を頂戴に上がりました」

声を掛けながら、奥へと歩く。行き止まりにある襖戸に手をかける。横に引くと、そこには、どこよりも濃い闇があった。あの月夜の庭を思い起こさせる。闇が闇に絡まり、さらに闇を濃くしていたあの庭だ。

闇から微かな、しかし、鋭い音が起こる。身をかわした清之介のすぐ傍ら、襖に、簪が突き刺さった。

「お返しいたします。清弥どの」

「そなたは」

「忠邦さまのお庭で、おめもじいたしました」

女房詞《ことば》を使い、闇に座す者は低く笑った。

「聞かせてもらおう。何故、このような真似をした」

「昨夜のこと、お許しください。しかし、それがしの傷に比べれば、なにほどのこともありますまい」

源庵のなりをした男は、胸をはだけて見せた。闇に目を凝らす。見える。男の胸には、一線の刀傷が刻まれていた。

「あの夜、清弥さまのお手によってつけられた傷。いささか深うござった」

「何故、りんを殺した」

「思い出していただくためでござる」

男はえりを合わせ、冷ややかに笑う。

「忠邦さまは、あなたさまに闇を統べよと仰せになった。しかし、御身《おんみ》は、為すべきことを忘れて、商人の真似ごとなどにうつつを抜かしておられる。目を覚ましていただかねばならなかった」

「そのために、りんを……」

「清弥どの、闇は闇。どう足掻いても、光と交わることはできませぬ」

「父は死んだ。おまえもわたしも、解き放たれたはずだ」

「忠邦さまは亡くなられても、志は生きております」

「人を殺すのが、志か」

ほっほっほっと甲高い笑いが響く。薬草の匂いが攪拌《かくはん》される。

「なにを今更。人を殺すのが志。それより他に我々の志はござらぬ。そして、我々を必要とする者は、大勢おりもうす。清弥さま、我々を統べ、闇に生きていただきたい」

「断る」

闇の中で男が身じろぎした。

「清弥さま、我々は所詮、闇でしか生きられぬ者。御身がこの地で生きることをお望みなら、生国で御身を待つ者共をここに呼び申そう。江戸の闇は深うござる。我々が生きるには充分なほどに。御身には、我らを統べるに足る力がござる。清弥どの、有体に申す。忠邦さまが手になる我らの組は御身の力がなければ瓦解するは必定。お戻り願いたい」

闇からの声が初めて揺れた。この男は、属する場所を失いかけている。時間がない。焦り、足掻いているのだ。

「断る」

「ここまで言うても、おわかりにならぬか」

「わからぬ。父の手になる組などどうなっても構わぬ。小間物問屋遠野屋を護り通すことだけが、今のおれの望みよ」

闇が轟く。男の怒りが闇を震わす。

「そこまで愚かであれば、いたしかたない。死んでもらわねばならぬか。忠邦さまから言われておる。わが志に僅かでも叛く者は、みな殺せと。おまえも主馬も死なねばならぬ。できれば、おまえに兄を討たせたかったが、しかたあるまい」

清之介は無言で羽織を脱いだ。

「丸腰か？　呆れたものよの」

「商人に刀など不要」

「商人として死にたいなら、望み通りにしてやろうぞ」

「その前に聞かせてもらおう。どうやって、りんを殺めた」

「ふふっ、いいとも冥土の土産に聞かせてやる。あの女はな、小娘のころ子を孕《はら》んだことがある。無理やり手込めにされて身ごもった。その子を三月《みつき》で流した。流れた子の処置を源庵が引き受けたらしい。これは、源庵から聞き出したこと。殺す前にな。おまえと夫婦になり、おりんは子が欲しいと思うた。あちこち、おまえに隠れて願掛けにも祈禱にも回っておったわ。わしは、おりんに薬を処方した。飲み続ければ、子ができると偽って飲ませ続けた。おりんは、わしの元に通い、薬を飲み、眠る。その耳元に囁くのよ。おまえは、生まれ直さねばならぬとな。生まれ直せば子が生めるぞと。ふふっ。そのためにはどうすればよいかも教えてやった。満月の夜に水をくぐれ。川に入り、身を清めよとな。おりんは、水を怖がっておった。その恐れに耐えて、生まれ直せと幾度も囁いた。おりんはわしの言葉に従い、身を投げた。死ぬためではのうて、生きるためにな。愚かな女子よのう」

生き直せ。それは主馬に言われた言葉だ。その一言に背を押され、ここまで来た。同じような言葉をこの男はおりんに囁き、死へと導いたのだ。

「おまえは月の美しい夜、忠邦さまを殺した。だから、わしもおまえの女房を月の夜に殺した。おあいこじゃ。のう、刀だけが人を殺す道具ではない。言葉もまた、人を殺せる。わしは、その術《すべ》を知っておる。いやいや、それだけではない。病と見せかける術も心得ておる。わしは、どのようにも人を操り、殺めることができる。それを、おまえに、天下に知らしめねばならぬ」

闇の中で男は憑かれたように語り続けた。時折、甲高い笑いが混じる。

「それで三人もの人間を殺めたのか。それだけのために」

「おまえは、どうだ。なんのために人を斬った。答えられまい」

男は口元を拭い、立ち上がった。

「丸腰だと。馬鹿めが。一思いには殺さぬ。ゆっくりと苦しめながら膾のように切り刻んでやろう」

ガタリ、納戸《なんど》の戸が開いて、抜き身を片手に下げた男が立っていた。だらしなく着崩した着流しの前にべとりと血糊が付いている。口は盛んに、なにかをぶつぶつ呟いていた。

「この男はすでに狂うておる。わしがせっかく薬で心の臓を止めた死体を切り裂かねば済まぬほどに狂い、人を斬りたくてまた、狂う」

「おまえが、狂わせたのか」

「いやいや、わしは手助けをしたまでのこと。こやつの狂気を外に引き出す手助けをな。造作もないことだった。人を斬りたい狂気をこやつは、ずっと隠し持ち、しかし、もう隠し通せないほどに膨れ上がっておったのよ。わしには一目でわかった。ほれ、腑にできる出来物と一緒よ。いつの間にか、膨れ、破け、身を滅ぼしてしまう。そう、わしのしたことは、なにほどのこともない。こやつに、餌をやっただけだ」

「稲垣屋を狂気の餌にしたと……」

「ほれほれ、今さら、なにを言っておる。他人のことより我身を案じるがよい。この男が使うは、狂刃よ。かわせるか」

その言葉が終わらぬうちに、男の刀が襲い掛かってきた。避ける。ものすごい速さだった。襖の簪を引き抜き、廊下に転がり出る。男は無言で剣を引き、剣をはらう。確かに尋常でないなにかがあった。間合いを僅かでも読み違えれば、身体を抉られる。

覚悟してきたのではないか。

清之介は思った。

武士として闘うか、商人として死ぬか。

おれは、遠野屋清之介として死ぬことを選んだのではなかったのか。何故、身体が動く。何故、逃れようとする。何故……いや、違う。

清之介の頭の中に、遠野屋の軒行灯が煌いた。

おれは、生きたいのだ。生き延びねばならぬのだ。おれには、まだ護らねばならぬものが、あったのだ。おりんと約束したではないか。生きていっしょに歳を取るのだと。あれは、命がけで護らねばならない約束ではなかったか。

遠野屋の軒行灯が煌き、おりんの双眸が煌いた。

いえいっ。

気合と共に、白刃が下から突き上げられる。身をかわし、鐔の先端を突き刺していた。男が手首を抑え、吼え声を上げる。床に転がった刀をとっさに拾い上げる。

ずくり。

手のひらに吸い付いてくる。摑んだ手から身体に血が吹き巡る。

殺せ。

刀が叫んだ。

殺せ。

いや、違う。おれの中で誰かが叫んでいる。

殺せ。殺せ。殺せ。

すぐ背後で闇が囁いた。

「その男が、おりんを手込めにしたのよ。一度、溺れたところを助けたそうな。救った命は、好きにしてもよいと、まだ、小娘だったおりんを犯した。その男よ」

殺せ。殺せ。殺せ。

「お斬りなされ。清弥どの。その男は仇でござる」

斬れ、斬れ、斬れ、斬れ。

血がざわめく。手のひらに吸い付いてくる。

男は手首を抑え、しゃがみこんでいた。見上げ、首を振る。

「助けてくれ」

命乞いなどさせぬ。ただ、一刀で斬り捨てる。

ただ、一刀で……。

殺す。

「遠野屋」

肉を断ち切る代わりに冷たい刃の感触が手のひらに伝わる。

振り下ろした刃を初めて止められた。

「やめろ、遠野屋。殺しちゃなんねえ」

刃を合わせながら、信次郎が叫んだ。

「殺すな」

「清弥、殺すな」

兄の言葉が重なる。

「おまえは、商人だろう。殺すな」

清さん。

おりんが呼んだ。

こっちに来て、ほら、見て……。

「おれに借りがあるのを忘れたか。聞け。殺すな、頼むから、遠野屋、頼むから」

清さん。

清之介は、身体の力を抜いた。だらりと腕がたれる。信次郎が崩れるように膝をついた。膝をつき、荒い息を繰り返す男を見下ろす。殺すなとこの男が叫んだ。おりんでも兄でもない。ただ一人、現の声で「殺すな」と清之介に命じた。手のひらから刀が滑り落ちた。

あの声がなければ殺していた。己の血のざわめきのままに躊躇いもなく……。

足元でもう一人、狂った男が血の匂いが立ち上る身体のまましゃがみこんでいた。

同じだ、おれも……同じ臭いにまみれている。

背後で殺気が燃え立つ。

「遠野屋、危ねえ」

信次郎は、清之介の身体を押し倒し、前に飛び出した。渾身の力で、闇を裂く。どたりと重い音がした。滑るような足音が遠ざかり、ぷつりと消える。信次郎はそのまま腰を落とし、暫く喘いでいた。

「旦那」

伊佐治が震える声で呼ぶ。

「だいじょうぶですかい」

「だいじょうぶな……わけ、ねえだろう」

吉田敬之助は壁にもたれかかり、まだなにかをつぶやいていた。

「吉田さま、何故、このようなことを」

吉田の肩を揺する。

「あなたほどのお方が、何故、このようなことを」

伊佐治が行灯を持ってきた。その灯りに吉田の顔が浮かび上がる。瞳を巡らし、信次郎を見る。

「おお、信次郎。励んでおるか」

「吉田さま……」

「人の一生はつまらぬ。泥のように生きて、泥のように死ぬだけだ。つまらぬ。しかし、ほれ、わしより、なおつまらぬ一生があるぞ。ほれ、このように、意味もなく斬り殺される。虫けらと同じだ。ほれ、この男も、この女も、みんな、つまらぬ一生じゃ。愉快ではないか。信次郎、愉快であろうが」

「吉田さま」

「励めよ、信次郎。しっかり、お役を果たせ」

「吉田さま……十年前のことも、みな、吉田さまのなされたことでござるか……」

「十年前……ああ、右衛門が死んだのう。つまらぬことじゃ。右衛門もわしも、つまらぬ。まるで木偶《でく》じゃ。つまらぬ一生よのう」

「じょうだんじゃねえ」

信次郎は吉田の肩を強く摑んでいた。

「親父の一生をつまらぬなどと、決めつけるな。親父は戯れに人を殺めるような愚か者じゃなかった」

吉田の目が瞬く。口元に笑みが浮かんだ。

「つまらぬ、つまらぬ。この世は生きていても甲斐のないところよ。ほれ、あの男もあの女も甲斐のない一生じゃ。虫けらじゃ、木偶じゃ。みんな、訳もなく死んでいくのが似合いよ」

信次郎は生唾を飲み込み、ほんの束の間、目を閉じた。

「吉田さま……腹を、腹をめされませ」

腹かとつぶやき、吉田はけたけたと笑った。

「旦那、こんなものが」

伊佐治の声はまだ少し震えていた。肘から切り落とされた腕を信次郎の前に置く。

「信次郎、励めよ、励め。そうじゃ、これをやろう」

根付が信次郎の膝の上に落ちた。

「良い子じゃ。信次郎は、ほんに良い子じゃ。早う大きゅうなれ。そして、励めよ、励め」

吉田の笑みが狂人のそれから慈愛を含んだ柔らかなものに変わる。信次郎は声を上げて泣きたくなった。

遠野屋がふらりと立ち上がる。引きずるような足取りで出て行く。

外には闇があった。

月明かりのない道をずるずると歩く。あの夜のように、皓々と地を照らす光はどこにもないのだ。足元さえ覚束ない道をずるずると歩く。歩いてどこに帰ろうとするのか……。

おれは、どこに帰るつもりなんだ。

「遠野屋」

信次郎の声がする。振り向かない。夜に振り向いてはいけないのだ。

「遠野屋、どこに行く」

振り向かない。空も仰がない。ただ、歩く。

立ったまま闇を凝視する男と地を見つめ歩く男と、二人の上に月はなく、星の瞬きだけが夜に浮かんでいた。

清弥は橋から川面を見下ろしていた。どこから散ってきたのか、桜の花びらが流れ過ぎていく。花の散る季節なのだ。故郷の川はこんなに早く、忙しく過ぎはしなかった。曲がりの多い地形を縫うように、緩やかに流れていた。川も空も人も町並みも、あらゆるものが故郷とは違う。江戸とは、不思議な異世界のようなところだ。ここに来て初めての冬を越し、初めての春を迎えた。まどろみを誘うような日差しの中で目を細める。小さな花弁は川に翻弄されるままに、流され消えていった。

さて、おれはこの町でどう生きていけるのか。

花弁の行方に目を凝らしたまま、声にならない呟きを飲み下す。それは、江戸という町に足を踏み入れてからずっと、途絶えることなく巡り続けている思いだった。おれはこの町でどう生きていけるのか。

「もし」

不意に声を掛けられた。川面から視線を上げる。光が目を射た。

「あの……お武家さま……」

娘が立っていた。質素な木綿小袖だけれど、清弥が思わず息を呑んだほど艶やかな娘だった。顔立ちの美醜ではない。肌のせいなのか、黒髪のせいなのか、全身が淡く艶めいているのだ。それは、身体の内から生き生きと滲み出す色香だった。

「なにをしておられます」

娘の両目は張り詰めていた。真顔のまま、ここでなにをしていると問うている。

「なにをと申されても……川を見ておったが」

「川を……でございますか？」

「さよう。故郷の川と比べ、あまりに流れが早いので、つい……」

上手く言葉が出てこない。胸の奥で何かが疼く。気息が乱れる。初めての経験だった。

どうしたのだ、おれは……。

「お許しくださいまし」

娘の頬に紅が散った。深々と頭を下げる。

「いや……娘御、急に謝られても……なにゆえのことか……」

そこまで口にして、ふと思い当たった。

「娘御、まさか、それがしが……」

娘の紅が広がる。

「お許しくださいませ。お武家さまが、あまりに思い詰めたお顔をなされておりましたから……つい」

「ここから飛び込むのではないかと、思われたわけか」

「お武家さまにご無礼をいたしました。お許しを」

清弥は頬に手をあてた。それほど、沈んだ顔つきをしていたのかと、撫でてみる。

それにしても、橋に佇む男の表情に危惧を覚え、声を掛けてきたとは……この娘は。

風が舞った。光が煌く。それは、目の前に立つ娘の全身を照らし、輝かせた。風に運ばれた桜の花びらが一枚、黒髪を飾った。

手を伸ばす。指先で小さな花弁をつまむ。驚いたのだろう娘が目を見張った。身体を僅かに固くして、清弥を見上げる。目尻に小さな黒子があった。その黒子も瞳もやはり煌いていて、目映《まばゆ》い。

あまやかな風が吹き過ぎる。光と青葉の季節が始まろうとしていた。

解説

児玉《こだま》 清《きよし》
（俳優）

まずは、あさのあつこさんの初めての時代小説『弥勒の月』へようこそ。あなたはきっときっと深く深くそして熱く心を揺すられるに違いない。世に面白き時代小説は数々あるが、滅茶面白く、なお且《か》つ読む者の肺腑《はいふ》を鋭い刃物で抉《えぐ》るかのごとく、人間とは、男とは、女とは、人生とは、そして生きるとはなんたるかをズシンと胸に響く言葉で教えてくれる本は、そうざらにはない。

『弥勒の月』はまさに両者を兼ね備えた誠に嬉しくも有難い貴重な珠玉の一編。物語の面白さにぐいぐいと心を傾けながら、読者は、作者の投げかける人生への深い洞察に満ちた言葉の数々に暫《しば》し呆然と立ち止まるほどの衝撃を受けることとなる。事実、僕自身、謎が謎を呼ぶストーリー展開に目を剝くといった思いで熱中する中で、作者の人間観察の見事さに、そこから激しくも熱く立ち上がってくる人間の複雑怪奇さ、また無限の広がりを思わせる人の心の闇を衝く言葉に、息を飲む思いで、あるときは宙に、あるときは大地に目をさまよわせながら、暫し読書を中断してはわが身を振り返ったりしたものだ。さて、あなたは作者の熱球をどう受けとるのか、実に楽しみだ。

物語は「月が出ていた。丸く、丸く、妙に艶めいて見える月だ。／女の乳房のようだな。」（本文より）こんな出だしではじまるのだが。どうです。ドキドキするでしょう。うまいんだな。読者はこの導入部でもうギュッと急所を摑まれてしまったように一気に物語の世界へとひきこまれてしまう。しかも満月の夜であるのに、この冒頭の第一章のタイトルは「闇の月」とある。まさに波乱の幕開きを暗示する。満月を女の乳房のようだと独り呟いたのは、南本所石原町の履物問屋の主人、稲垣屋惣助。月を見てあられもない想像をしたのも、女遊びをしての帰りだったからで、竪川からの冷たい風にさらされながらも、馴染みの女性との一刻のぬくもりに身体の芯はまだ暖かだった。そんな彼が目撃したのが、若き女性の竪川への身投げ。現場に残されていたのは、赤い鼻緒の付いた上物の黒漆の女物の下駄。履物屋の彼は、なぜか思わずこの下駄を抱きかかえるようにしてその場を去った。この下駄が物語の中で、後々ひとつのポイントとなるのだが、それはさておき、翌早朝、一ツ目之橋の近く、本所相生町よりの朽ちかけた杭に引っ掛かっている形で女の死体が発見された。身投げした、と思われた女の身元は森下町の小間物問屋遠野屋の若おかみ、おりんであった。しかし、急を聞いて駆けつけた、おりんの亭主、遠野屋清之介は、妻の遺体を前にしながらも、いささかも動揺するそぶりを見せなかった。世の常ならぬ、清之介の冷静な態度に不審の眼を向けたのは、死体検分を済ませた北定町廻り同心の木暮信次郎と、その岡っ引である伊佐治。さあ、ここに信次郎、伊佐治そして清之介、三人のこの物語の個性溢れる主人公が勢揃いした。

立ち居ふるまいこそ商人だが、肝が据わり眼光鋭い清之介が、単なる身投げではないと考えるので、ぜひ、「調べ直し」をと願い出たとき、同心木暮信次郎は思わず殺気を感じて刀の鯉口を静かに切っていた。事の異常さに目を剝く伊佐治。

「下手人が出てくるとは思えねえ。どう考えても、ただの飛び込みだ……しかし、あの男は気になる」／信次郎の目が、すっと細まった。かろうじて聞き取れるほどの声で呟く。／「おれの前で、こう手をつきながら、あの野郎、毛筋一本分の隙も見せなかったぜ。女房が目の前で死んでんだぜ。なんで、動揺しねえ。おれの殺気をきっちり捕まえやがって……ただの商人《あきんど》じゃねえ。絶対に違う」(本文より)

清之介の身辺を洗え、と伊佐治に命じた信次郎。かくして物語は動き出したのだが、調べが続く中で続けざまに殺人事件が起こる。いったい誰が、なんのために？　おりんの身投げ事件との関連はあるのか？　謎は謎を呼ぶ。闇は益々濃密となり光を遮断する。人間の心の底に蠢《うごめ》くものの正体は？　人間の心の機微をあまねく浚うかのごとく、見事な筆致で大胆にして繊細、闊達にして奔放、自在に活写される人間模様の中で、物語は、読み手の予測をはるかに超えた阿修羅の世界へと疾走する。頁《ページ》をくるごとに次第次第に、恰《あたか》も薄紙を一枚一枚はがすように明らかになってくる清之介の過去。彼は何者なのか？　鳥肌が立つほどのスリリング感の中で、隠されていた生い立ちを覗くこととなるプロットは絶賛に値する。

とまあ、ミステリアスなストーリー展開の面白さも絶品ながら、『弥勒の月』の一番の魅力は、信次郎、伊佐治、清之介の突出したキャラクターにある。あさのあつこ作品の真骨頂ともいえる人物造形の巧みさだ。それは作者をブレークスルーさせた『バッテリー』ですでに証明済みのことでもあるが、なぜかくも彼女の造り出す登場人物たちは生き生きと輝くのか。絵空事の人物ではなく、地にしっかりと足を着けた、つまりヴァーチャルではないリアルな人物として、自然の息遣いそのままに読者の心に飛び込み、生身の人間として動き出す。これこそ、あさのマジックだ。

同心という埒《らち》の中には到底収まらない信次郎。切れ者故《ゆえ》に日々心の中に出来するいら立ち。枠の中でしか生きられない武家社会の中でも最も辛い下級武士であればなおさらだ。彼の発する突飛な言葉や人の意表を衝くといった奇矯な態度に、読者もどきっとさせられるが、岡っ引の伊佐治もしょっちゅう違和感と驚きを感じては眉をひそめる。一体このお方はどういうお方なんだ、と。

偏屈で拗《す》ね者で意地悪で気まぐれ、むらっ気で一日に何度も気分が変る予断を許さぬ切れ者同心の信次郎と真っ当さを団子に丸めて固めたような律儀な堅物伊佐治。伊佐治は信次郎の父親である右衛門の代からの岡っ引であった。二人の間柄は「親父が、しょっちゅう、おまえさんのことを自慢してた。江戸中の岡っ引がみんな伊佐治のようなら、捕り物の苦労が半分になる。わしは、幸せ者だとな。うん……くどいほど自慢してたな」／何度も言われたことがある。／伊佐治、おまえのような岡っ引に会えて、わしは、果報者だ。／右衛門は、真顔で、真正面からそう言ってくれた。言われる度に身の内を喜びが貫いた。時に渡される金子より、情のこもった一言の方が幾倍も嬉しかった。胸に響く情の一言を右衛門の噛み締めるような物言いを伊佐治が失ってから久しい。／「おれもそう思う……誉めてんだぜ、親分。ちっとは嬉しそうな顔しなよ」／「へぇ」あんたじゃ無理だ。あんたじゃ、心底、他人を喜ばす文句は言えねえ。（本文より）この二人の主従の結びつきが絶妙で、両者の心の確執が物語の大きな魅力となって実に楽しい。新捕り物帳コンビの嬉しい誕生だ。

対比的とも言える両者の性格、また若き信次郎と老いた伊佐治、このコンビの交わす会話が、双方の心の動きとともに読む者の心を激しく刺激する。伊佐治の心に添って、彼にシンパシィを抱きながら読むのか、それとも信次郎か。憎々し気だが、彼の身体の中を吹き抜ける人生への虚脱感、何をどう努力しても先は見えている閉塞感。信次郎の心情も惻々として伝わってくる。いや、それとも清之介に心を傾けて読むのか。読んでのお楽しみのために、ここでは清之介の身辺の事情を明らかにしないが、清之介の静かさの中にひそむ逼迫した怒り。その佇まいから伝わってくる、おりんを失った悲痛な叫び。三者が紡ぎ出す心の葛藤は目くるめくほどの興奮をもたらす。が、とくに信次郎と清之介、この両者の心のせめぎ合いは決闘を思わせる息詰まるほどの臨場感で読者を窒息させるクライマックスへ導く。

あさのさんが時代小説を書くきっかけとなったのは藤沢周平の作品に魅せられたからだという。藤沢作品に夢中になり、そこから立ち上がってくる生々しい人間のドラマに心底感動を覚え、江戸切絵図を買い求め、作中の地名を丹念に辿っているうちに猛然と時代小説を書きたい、書いてみたいと思ったとのこと。それも藤沢作品のように、人の重みのある物語を書いてみたい、と。

人は誰も心に闇を持つ。いや人は誰もが心に傷を持つ。生きるのはナマやさしいもんじゃない。人は幾つもの傷を受けながら生きていかざるを得ない。救いを一体どこに求めたらいいのか。心の中に渦巻く怒り、不安、希望、絶望。藤沢周平作品が、人間の内なるものへとひたすら向っていったように、あさのさんの目も人間の内なるものへと深く深くのめり込んでいく。

作者がこの作品を通じて絶えず自分自身に、また読者に問いかけているのは、真の男とは、ほんとうの男とは、真の大人の男とは、どういう人間か、ということにあるのだと僕は思っている。答えを網羅することはできないが、一つだけ言えるとすれば、修羅場をくぐり抜けた人間でなければ、真の男たりえないという、パラドックス小説だということか。心に一つの傷も持たない男なんて、男じゃないぞ、ということだろう。もっと勝手な言い方を敢えてすれば、いや僕の独断と偏見で言えば、かつて江戸時代にはそういう大人の男たちがいた。しかし今の日本にはいなくなってしまったことを憂うあまりの小説なのだ。いや、この時代だからこそ、真の大人の男たちを創造できるというべきか。

ここで思い出されるのは、大リーガー投手となった野茂英雄氏のことだ。それは、ロバート・ホワイティングというアメリカのスポーツ評論家の書いた『The meaning of Ichiro』の中で、野茂投手こそアメリカ人が大リーガーたちが真に認めた日本人初の選手だったとの記述だった。アメリカが良いか悪いかは別として、アメリカ人は真のガッツを持たない男は男として認めないのだが、その国で野茂投手はガッツある男として、大リーガーの男たちが、球界関係者の男たちが、初めて真の仲間として迎えた男なのだという。彼らは野茂投手のことを〝He has the balls あいつは男だ〟と初めて認めたのだ、とホワイティングは書いている。とまあ、話は少々横道に逸れたかもしれないが、あさの作品に登場する男たちは、信次郎も伊佐治も、もちろん清之介も、

〝He has the balls〟の男たちなのだ。

すでに賢明な読者のみなさんはお気付きのように、世の中はすべて一方的なものはないということ。真の男がいてこそ真の女がいるということ。つまりはおたがいさまのこと。従って『弥勒の月』は、真の女性とは、どういう女性なのか、も真摯に問いかけているのだということ。真の男と真の女が生きるとはどういうことなのか？　作者は熱く滾《たぎ》る思いを込めて小説と対峙する。

ある雑誌の対談で、僕はあさのさんに『弥勒の月』の人物造形の見事さに感嘆していますと話したら、実はあさのさん御自身、彼らのことを書けば書くほどわからなくなっていて、なんとかわかるためにもと続編『夜叉桜』まで書いたのだが、まだ登場人物の全容を完全に摑めていないとの答えが返ってきて驚いた。最初は、人生に倦《う》んでいる若い男を主人公に『弥勒の月』一冊で完結するつもりが、続編『夜叉桜』を書いても、まだ、信次郎、伊佐治、清之介たちがどういう生をまっとうするのか、あさのさん自身、答えが見つかっていないというのだ。人間は闇もあれば光のあたるところもあり、ものすごく複雑で大きな物語だから簡単には捉えられない、だから見つけるまで書くしかない、と語るあさのさんが、人間を見つめ、鋭い目と感性をもってそして大地にしっかりと足をおろした大人の女性として、母として真っ正面から向き合って人間物語に挑んだ初の時代小説『弥勒の月』は熱い。ものすごく熱い。作家あさのあつこが滾るほどの熱き思いをこめた渾身のストレート。火の玉投手の投げたファイヤーボールをキャッチャーである読者のあなたはどう受けとめるのか。まともに受けとめられるのか、摑みそこねるのか、それともあまりの熱き剛速球に思わずのけぞるのか、はたまた後逸してしまうのか、なんとか一人一人聞きたい思いの『弥勒の月』なのだ。

因みに「弥勒」とは釈尊の救いに洩れた衆生をことごとく済度《さいど》（人々を迷いから解放し悟りを開かせること）するという未来仏の意味である。

二〇〇六年二月　光文社刊

初出誌
「小説宝石」（光文社）
二〇〇五年十一月号

光文社文庫

長編時代小説
弥《み》勒《ろく》の月《つき》
著者　あさのあつこ

2008年8月20日　初版1刷発行

発行者　駒井稔
印刷　萩原印刷
製本　ナショナル製本

発行所　株式会社 光文社
〒112-8011　東京都文京区音羽1-16-6
電話（03）5395-8149　編集部
8114　販売部
8125　業務部

ISBN978-4-334-74456-4　Printed in Japan

組版　萩原印刷

お願い　光文社文庫をお読みになって、いかがでございましたか。「読後の感想」を編集部あてに、ぜひお送りください。

このほか光文社文庫では、どんな本をお読みになりましたか。これから、どういう本をご希望ですか。

どの本も、誤植がないようつとめていますが、もしお気づきの点がございましたら、お教えください。ご職業、ご年齢などもお書きそえいただければ幸いです。当社の規定により本来の目的以外に使用せず、大切に扱わせていただきます。

光文社文庫編集部

日本ペンクラブ編 名作アンソロジー

光文社文庫

佐伯泰英の時代小説 二大シリーズ!

"狩り"シリーズ

夏目影二郎、始末旅へ!

八州狩り
代官狩り
破牢狩り〈文庫書下ろし〉
妖怪狩り〈文庫書下ろし〉
百鬼狩り〈文庫書下ろし〉
下忍狩り〈文庫書下ろし〉
五家狩り〈文庫書下ろし〉
鉄砲狩り〈文庫書下ろし〉
奸《かん》臣《しん》狩り〈文庫書下ろし〉
役者狩り〈文庫書下ろし〉
秋《しゅう》帆《はん》狩り〈文庫書下ろし〉
鵺《ぬえ》女《め》狩り〈文庫書下ろし〉
忠治狩り〈文庫書下ろし〉

"吉原裏同心"シリーズ

廓の用心棒・神守幹次郎の秘剣が鞘走る!

流離 吉原裏同心(一) 『逃亡』改題
足抜《あしぬき》 吉原裏同心(二)
見番《けんばん》 吉原裏同心(三)〈文庫書下ろし〉
清掻《すががき》 吉原裏同心(四)〈文庫書下ろし〉
初花 吉原裏同心(五)〈文庫書下ろし〉
遣手《やりて》 吉原裏同心(六)〈文庫書下ろし〉
枕絵《まくらえ》 吉原裏同心(七)〈文庫書下ろし〉
炎上 吉原裏同心(八)〈文庫書下ろし〉
仮宅《かりたく》 吉原裏同心(九)〈文庫書下ろし〉